この恋を捧ぐ

鉄仮面令嬢はラスボス様の幸福を夢見る

JN228699

秋空夕子

illustration まち

ICHIJINSHA IRIS NEO

ICHIJINSHA IRIS NEO

CONTENTS

この恋を捧ぐ　鉄仮面令嬢はラスボス様の幸福を夢見る

序章　二人の出会い

国内一の広さを誇るセントラル学園の校舎内を真新しい制服に身を包んだ少女は一人で歩いていた。

二つ結びにされた薄紫色の髪にすみれ色の瞳。綺麗《きれい》な顔立ちでほっそりとした体つきをしているものの、不健康なほど白い肌に生気のない表情をしており、暗く近寄りがたい雰囲気を持つ彼女の名前はヘレーネ・ボルジアン。今日からこの学園の生徒になった貴族の令嬢である。

時折立ち止まっては周囲を見渡し、また歩き出す。もうすでに何回もそんな動作を繰り返している彼女は、傍《はた》から見れば何も感じていないようにしか見えないが内心とても焦っていたし困っていた。

もう一度周りを見渡せば同じような光景が続くばかりで、ここからどこに進めばいいのかさっぱりわからず彼女は小さく溜息《ためいき》をつく。

(どうしよう……完全に迷ってしまった……)

入学式を終え、普通であれば寮に向かうべきところをそうしなかったのは、いい噂《うわさ》を聞かないボルジアン家の一人娘であるヘレーネに向けられる、冷ややかな視線とひそひそと囁《ささや》かれる陰口から逃れたかったからである。

だから少しでも人気《ひとけ》のないところへと足を進めたのだ。しかし、創立以来、増築され続けたらしい校舎は利便性と合理性を欠いた複雑怪奇な構造になっており、自分がどこにいるのかさっぱりわからなくなってしまった。

窓を見ればすでに夕暮れ時。寮には門限がある。入学してそうそう規則を破るなど、ただでさえ悪目立ちしているヘレーネにとってはなんとしても避けたい事態だ。

とにかく歩くしかないと足を踏みだそうとしたヘレーネだったが、後ろから彼女に声をかける者がいた。

「君、どうかしたのかな」

振り向いたヘレーネは目を大きく見開く。

そこにいたのは彼女と同じく制服姿の青年だった。黒い髪と黄金の瞳を持ち、背が高く凛々《りり》しい顔立ちの美丈夫。外見だけなら威圧感を与えそうだが、気さくな笑みがそれを緩和させている。

「失礼、随分と困っていたようだから声をかけさせてもらったのだが、君は新入生かな？」

「え、あ、は、はい、そうです。その、ま、迷子になってしまって……」

青年に見惚《みと》れていたヘレーネは我に返り、慌《あわ》てて自分の状況を説明した。この歳《とし》になって迷子など恥ずかしくって仕方がない。

しかし彼はそれを馬鹿にすることなく、なるほどと頷《うなず》いた。

「ああ、この学園は広いから慣れないうちは仕方がないさ。案内しよう」

こちらへ、と言って先導する彼についていき、いくつもの角を曲がりながらしばらく歩いていると見覚えのある場所が見えてきて、ヘレーネはほっと胸を撫《な》で下ろす。

「俺は二年のラインハルト・カルヴァルスという者だ。君は？」

「わ、私は一年のヘレーネ・ボルジアンです……あ、あの、本当に、ありがとうございました」

「なに、礼には及ばないさ。それじゃあ、俺はこれで」

「あっ……」

背を向けてそのまま去って行くラインハルトに、思わず手を伸ばしそうになるヘレーネだったが、これ以上は迷惑だと考えて自制する。

その代わり、彼の姿が見えなくなるまでその背中を見つめ続けた。寮に帰る時も心ここにあらずという状態で、この時ばかりは周囲からの陰口など気づきもしなかった。

寮の一階にある自分に割り当てられた部屋の扉を開ければ、すでに荷物は運び入れられていたが、その荷を解くのも忘れ、ヘレーネは備え付けのベッドにごろりと体を横たえる。

目蓋《まぶた》を閉じて思い浮かべるのは先ほど別れたばかりのラインハルトの姿。

(ラインハルト・カルヴァルス……ラインハルト様……)

頬を紅色に染め、その名前を何度も心の中で復唱する。

何度も何度も。忘れないように。色褪《あ》せないように。

しばらくそうして夢見心地を味わっていた彼女だが、突然飛び跳ねるように体を起こした。

そして、先ほどとは打って変わって青ざめた顔をした彼女は震える声で呟《つぶや》く。

「……どうしよう……ラインハルト様が、死んでしまうかもしれない……」

1章　迷走の末の第一歩

　ヘレーネ・ボルジアンには人には言えない秘密がある。それも、言えば冗談だと切り捨てられるか、頭がおかしいと気味悪がられてしまうような類《たぐい》の。

　彼女には、自分のものではない記憶があった。それは、前世の記憶というものだ。

　ヘレーネにこの記憶が蘇《よみがえ》ったのは彼女が七つの時、高熱で倒れたのがきっかけだった。

　熱そのものは一晩で下がったものの当初のヘレーネはひどく混乱した。なにせ、朝起きて苦しみから解放されたと思ったら、身に覚えが全くない記憶が頭に根付いていたのだ。

　もしかして自分は何かおかしな病気にかかってしまったのか、それとも誰かが自分に何かしたのか。あの頃は毎日そんな不安に襲われていた。

　しかし、それでもこのことを周囲の大人に相談することはなかった。出来なかった。

　両親はヘレーネの欲しがるものをなんでも与えたが、それは彼女を溺愛していたからではなく、子供をあやすのが面倒だっただけだ。使用人達もお金さえ貰《もら》えれば雇い主の子供などどうでもよくて、それまで我侭《わがまま》だった子供がある日突然大人しくなったとしても、手がかからなくなってよかったとしか考えない。結局、ヘレーネがその記憶を受け入れるのに一年もかかった。

そして記憶を受け入れたことで余裕の出来た彼女は余計なことに気づいてしまう。

以前のヘレーネはそれが当たり前だと思っていたから気づかなかったが、彼女の両親は随分と羽振りがいいのだ。ボルジアン家が治める領地はそこそこ広く、それなりに豊かであるがだからといって両親の日々の贅沢《ぜいたく》を賄《まかな》えるほどではないはず。それがあるということは何か後ろ暗い手段を使っているのは想像に難《かた》くない。

そして彼女は両親が行っている横領や賄賂《わいろ》などの不正を知ってしまう。

気づいてしまったヘレーネは悩んだ。出来ることなら知らぬふりをしたかったというのが本音だった。今の生活は周囲から捨て置かれてはいるが即物的な望みは叶《かな》えられていて、一般的な水準から言えば贅沢な生活を送っているということを知っていたし、もし両親が捕まれば自分はこの先一生罪人の娘として見られ、迫害されるであろうことは間違いない。

しかしだからといって、開き直って良心の呵責《かしゃく》を無視することも出来ず、結局は罪悪感に急《せ》き立てられる形で両親の所業を手紙にしたためたのだが、それを誰かに届けることは叶わなかった。彼女の両親は彼女が思っていた以上に慎重かつ小賢《こざか》しい人間で、自分達の甘い蜜を誰にも奪われまいと蜘蛛《くも》の巣ように張り巡らしていた糸に、彼女は足をすくわれてしまったのだ。

ヘレーネがしようとしたことを知った両親は激怒して、二度と自分達に反抗しないように徹底的に『躾《しつけ》』をした。前世の記憶があるとはいえヘレーネ自身はまだ幼い少女であり、味方になってくれる者も守ってくれる者もいない状況でその心がぽっきりと折れてしまったのは仕方がないことだろう。

以来、今日に至るまで両親の従順な奴隷として生きてきた。いや、生きる喜びも希望も持たず、現状を変えようとするどころか逃げようという気力すらもない、自ら考えることを放棄して人に言われるがまま行動する姿はむしろ人形に近い。しかし、ずっと死んだように凍っていたヘレーネの心は七年ぶりに抱いた情動に揺り動かされていた。

ヘレーネは机に向かってノートにペンを走らせる。

（タイトルは……ううん、それはどうでもいい。もっとこう、選択肢とか、イベントとか、そっちを思い出さないと……）

ノートには今日出会ったラインハルトを含め今のヘレーネには面識がないはずの男女数名の名前や容姿、さらには今知り得るはずのない未来の出来事まで書かれていて、第三者がその内容を知ればさぞ不気味に感じるだろう。

「……ああ、駄目だわ……」

しばらくしてペンを止めたヘレーネはノートを見返すも、すぐ項垂《うなだ》れる。

（思い出せない部分が多い……もっと、早くこの世界があのゲームの世界だって気づいていたら……）

前世のヘレーネは「オタク」と呼ばれる女性であり、恋人も友人もいなかった彼女は休日になると乙女ゲームに夢中になっていた。そしてそのプレイした乙女ゲームの中でも特にお気に入りだったゲームこそ、この世界なのだ。

ゲームの内容は、ある日突然不思議な力に目覚めたヒロインがこの学園に転入し、様々な男性と知り合って、仲を深めるという王道物だ。

一応、このゲームの中にヘレーネは登場する。といっても大した役ではない。ヒロインを目の敵にする意地悪なお嬢様。つまり悪役なのだが、その意地悪も周囲に気取られないような卑小なものばかりで、その後も大きなことをやらかすわけでも、改心するでもなく、中盤であっさり退場してしまうのでプレイヤーからもさっさと忘れられてしまうような影の薄い存在である。この存在感の薄さのせいでヘレーネは今の今まで自分がゲームの登場人物と気づけなかったのだ。

そしてラインハルトもまたゲームに登場するキャラなのだが、彼はヘレーネとは違ってゲーム内でも重要人物の一人である。なんといっても攻略対象なのだから。

ラインハルト・カルヴァルスは面倒見がよくて頼りになる先輩として登場する。学力が高く、武芸に優れ、魔術の才も持ち、さらにすでに家督を継いで貴族の当主として領地を治め発展させている彼はカリスマ性まで有しており、周囲から一目置かれる存在だ。ヒロインが困ったり悩んだりしている時は慰めたり、助言をしてくれたりしてヒロインはそんな彼に徐々に心を開いていくのだが、ラインハルトはただの攻略対象ではない。彼は、隠しキャラであり、物語のラスボスなのだ。

だが、もっと重要なことがある。それは、自分のルート以外では死んでしまうということだ。

ヘレーネは出来がよくない自分の記憶力に苛立《いらだ》ちながら必死にゲームの内容を思い出そうとする。前世の記憶は七歳の時点でも完璧とは言いがたく、さらに十五になるまでの八年間で大部分は薄まってしまった。だが、初恋の相手の命がかかっているのだから、諦めるわけにはいかない。

叶わぬ恋なのはわかっている。

攻略対象であるラインハルトにはすでにヒロインという相手がいるし、ゲーム云々《うんぬん》を無視したとしても、彼は高嶺《たかね》の花だ。彼ほど地位も容姿も能力も備えている男性が、ヘレーネのような陰気で面白みもなければ可愛げもないうえに、悪い噂《うわさ》の絶えぬような家の娘なんぞ選ぶわけがない。でも、それを悲観することはしない。

何故なら、彼女の末路はすでに決まっている。『ヘレーネ』は来年、両親の悪行が露呈し彼らが捕《ほ》縛《ばく》されると同時にこの学園から追い出されるのだ。未成年で、両親の行っていた犯罪に直接関わっていなかったヘレーネは罪人になることはなかったが、彼女は修道院で過ごすことを余儀なくされる。その後の詳細《しょうさい》は描かれなかったが、もう二度とラインハルトとは会えないだろう。だから、あの人を救うことだけを考える。胸の痛みを無視してヘレーネはまた記憶を掘り返す作業に戻った。

多くの生徒で賑《にぎ》わう教室でヘレーネは一人本を読んでいた。

入学式の翌日、すでに友人関係になっている者がいる中で、ヘレーネはこの教室に入ってから誰とも口を利《き》いていない。いや、教室に入ってからではなく朝起きてからずっと、である。

自分が早くも孤立への道を歩んでいることはわかっているが、人付き合いが苦手なのは前世から引き続いているのでそう簡単には変えられそうにない。

「……ボルジアン家の……」

「あれが……」

不意に聞こえた声にヘレーネの体は強張《こわば》った。出来る限り周囲の声を聞かないように本に集中しようとするも、目は紙の上を滑るばかりである。

ボルジアン家は、その素行から悪い意味で有名なのだ。

その為《ため》、貴族の同級生達がヘレーネに向ける視線は冷ややかなものであった。

この視線に三年耐えなければいけないところを、一年ちょっとの我慢で済むのだから楽なものだと自虐的な言葉でヘレーネは自分を慰める。

そういえばゲームの中のヘレーネは腰巾着というか、取り巻きを何人も抱えていたことを思い出す。ということは、ゲーム内では姑息《こそく》な小悪党でしかなかったが、対人スキルは今の自分とは比べ物にならないほど高かったということになる。たとえそれが権力にものを言わせた関係だとしても、人と会話するだけでも一杯一杯な自分には羨ましい限りだ。

(それにしても……ゲームのヘレーネに出来たことが出来ないってことは……私は、ゲームのヘレーネ以下………)

表情一つ変えず静かにヘレーネが落ち込んでいると、教室に教師が入って来た。黒に近い深緑色の長髪に、黄緑の瞳。眼鏡をかけて白衣をまとう男性の姿にヘレーネは既視感を覚えた。

「皆さん、席について下さい」

男性の声掛けで生徒は皆お喋《しゃべ》りを止《や》め、席に座る。

「私はこのクラスの担任になりましたユージーン・コールマンです。一年間、よろしくお願いします」

その名前を聞いてヘレーネは確信した。彼は来年転入するヒロインが入るクラスの担任で、攻略対象の一人だ。研究者気質《かたぎ》であり私生活はだらしがない面もあるが、年上らしく理知的で包容力があって生徒思いの人物だと記憶している。

ユージーンは挨拶《あいさつ》もそこそこに、早速授業を始めた。彼が教える科目は魔術。

実技も行う授業だが、今回は初回ということもあり座学のみのようだ。入学するまで家で引きこもって本ばかり読んでいたヘレーネには全て復習の範囲であった。

魔術には火、風、水、土、光、闇の六つの属性があり、そして自分がどんな魔術が使えるかは生まれ持った適性属性というもので決まる。この適性属性というのは生涯変わることがなく、皆それに合った魔術のみを身につけることが多い。というのも、適性属性以外の魔術も使えないということはないのだが、習得するにも手間がかかるし、使うには自分の魔力をその属性に変換させなければならず、その上適性属性の魔術に比べると魔力の消費が激しく威力も弱まってしまうのだ。

適性属性の魔術を一ヶ月で覚えたのに、適性属性以外の魔術には五年以上かかったという話もある。その中でも光と闇の魔術は適性属性を持っている者以外だと何十年もかかってしまうこともあるのだ。

この学園では全生徒に一年で適性属性の中級魔術までを教え、二年目からは選択科目で選ぶと指導されることになる。

ちなみに、光と闇を適性属性に持つ者は少ないと言われているが、ヒロインは光、ラインハルトは闇が適性属性だ。一方、ヘレーネの適性属性は水であり、魔力自体もいたって普通である。

やがてユージーンの授業も終わり、同じようにいくつかの授業をこなした後、昼休みに入った。

楽しげに会話する同級生達を尻目に、ヘレーネは教室を出てラインハルトを探す。

昨日、どうすればラインハルトを救えるか考えたのだが、浮かんだ案は一つしかなかった。

そもそも、ラインハルトが死ぬ理由は他ならぬ彼自身にある。

彼は特別な力を持つヒロインを自分のものにしようと考え、近づくのだが、ヒロインは攻略対象の一人と心を通わせてしまう。そこで攻略対象や、他の者達にも害を加えて、彼女を追い詰めることで支配しようとするのだ。だが、全てがラインハルトの仕業だと気づいたヒロイン達に戦いを挑まれ、彼は敗れる。そしてヒロインが手に入らぬのならと、自ら命を絶ってしまう。これがラインハルト以外のルート全てで起きる。これをどうやって阻止するのか、ヘレーネは悩みに悩んだ。

「貴方は将来自殺するかもしれませんが、そんなことは止めて下さい」とでも言えばいいのか。いや、それでは単に頭のおかしな人である。

だったら自殺する直前で身を挺《てい》して止めればいいのか。いや、彼と自分では圧倒的に差がありすぎて話にならない。というより、自分はそれより前に修道院に行っているので問題外。

事情を話してヒロインを諦めて貰えればいいのか。いや、そんなことを素直に話しても受け入れられるわけがないし、もし仮に信じて貰えたとしてもゲームの記憶を利用されてしまう可能性が高い。ゲーム以上に上手く立ち回られてしまうと、ヒロイン達に勝ってしまうこともありえる。その場合、ラインハルトは助かっても、ヒロイン達が悲惨なことになってしまうので却下する。

そこで考えたのは、ラインハルトルートに無理やりにでも突入させる、というものだ。

まず、ラインハルトとヒロイン、双方と親しくなり、二人にお互いを紹介する。そして二人の仲を取り持ちつつ、その一方で他の攻略対象がヒロインと仲良くならないようにする、というやり方だ。

なんとも行き当たりばったりというか、成り行き任せな策だが、生憎《あいにく》とヘレーネにはこれ以外の策が思いつかなかったし、それに見込みが薄いわけでもない。なにせ二人はヒロインと攻略対象。惹《ひ》かれ合うのが道理なのだから。

その為にはまず、ラインハルトに近づかなければいけないが、幸い口実はある。

迷子を助けて貰ったお礼を言いに来たと言えばいい。それで、友人とはいかなくても、知人程度の関係になれれば万々歳だ。

しかし、彼のクラスを覗《のぞ》いても姿はなく校内を探しまわっても結局、その日はラインハルトの姿を見つけることが出来なかった。二日目は見つけることが出来たが、友人なのだろう数人と話していて話しかけられなかった。三日目、四日目も同じように過ぎ、とうとう七日目になってしまった。

「……どうしよう」

流石《さすが》にこのままではまずいとヘレーネは焦りを覚える。

いっそ周囲に人がいても構わず話しかけてしまおうとも思ったが、いざ行動に移そうとするとつい尻込みしてしまう。前世から引き継ぎ、今世で悪化した人見知りは急に改善しないのだ。

そして今日もこれまでと同様に時間が過ぎていき、とうとう放課後になってしまった。

（ああ、どうしよう、このままだといつもと同じに……）

ヘレーネは廊下を早足で進んで行く。

（今日こそ、今日こそは、絶対に、ラインハルト様に声をかけなきゃ……！）

　それが出来るまで寮には帰らないぞと何度も何度も自分にそう言い聞かせる。が、少しでも時間が経《た》つとその決意も萎《な》えてしまうのがヘレーネという少女。なので、自分の気が変わらないうちにと急いでラインハルトを探しているのだがなかなか見つからない。

（どこにいるんだろう……？）

　もしかしてもう寮に戻ってしまったのだろうか。そんな不安を胸に抱いていたヘレーネは自分が入学式当日迷い込んだあの場所にやって来たことに気づいた。

　生徒が通常授業で使っている教室から離れた場所にあるここには特別授業の際に使われる教室や教材などが置かれている準備室が並んでいる。授業でもなければ使う人間がいないのだろうか、あたりは静まり返り人の気配がしない。

　しかし、ヘレーネには逆にそこが心地よかった。迷い込んだ時は焦っていた為そこまで気が回らなかったが、時間がある時にでも見て回ってみたら楽しいかもしれない。

「あっ……」

　不意に視界の端に何かが見えて、慌ててその後を追った。

「ら、ラインハルト様っ」

　ヘレーネが声をかけると男が振り返る。その姿は間違いなくこの数日間ずっと目で追っていた人だ。

「ああ、君は確か一年の」

　向けられた笑顔に、彼女の胸は高鳴りを抑えきれない。

「は、はい、その節は本当に、あ、ありがとうございました」

「いや、気にしなくていい。当たり前のことをしたまでだ」

「そ、それで、その、お、お礼をしたくて……」

「お礼？」

緊張による汗でベタベタする手を何度も握ったり開いたりしつつ、ヘレーネは口を開く。

「あ、あの、何か困っていることやお手伝い出来ることはありませんか？　何でもします……わ、私に出来ることでしたら、ですけど……」

「え？」

「な、何でもいいんです。何でもしますからっ」

「いや、何もそこまでしなくていい。気持ちだけで十分だ。それじゃあ」

「ま、待って下さいっ……本当に、本当に何でもいいんです」

ヘレーネとしてはここで何とかラインハルトの心証をよくしたくて去ろうとする彼に追いすがるが、ラインハルトの方は僅《わず》かながら面倒くさそうな表情を浮かべる。それに気づかずヘレーネは再度「何でもいいんです」と言った。

ヘレーネに聞こえないように小さく舌打ちをしたラインハルトは、すぐさま笑みを浮かべると彼女にぐいっと顔を寄せる。ヘレーネは彼の突然の行動に顔を真っ赤にして体を硬直させてしまう。

「ヘレーネ、気持ちは嬉《うれ》しいが女性がそう簡単に『何でもする』と言うものではない。特に男に対しては危険だ。絶対に止めておいた方がいい」

「え……あっ……」

「返事は？」

「は、はい……」

「それでは、失礼する」

ラインハルトはまたにっこりと笑うと、そのままヘレーネに背を向け去って行く。そのラインハルトの背中をヘレーネはいつかと同じように見つめることしか出来なかった。


（私は、どうしてこんなに馬鹿なんだろう……）

黒板をノートに写しつつ、ヘレーネは内心項垂れていた。

昨日、ラインハルトと別れた後の彼女は熱に浮かされたまま戻らず、一晩寝てもなお治まることはなかった。だが、自分の行動を思い返して、気づいた。そういえば、結局お礼が出来ていないし、しつこく言い募《つの》って、迷惑だったのではないか。

つまり、自分の好感度を上げるどころか下げてしまっている、と。

（せめて、せめてもう少しぐらい仲良くなっておかないと……）

少なくとも同級生を紹介出来るぐらいの距離までは近づいていないといけない。一年前、迷子になって道案内をしたらお礼をさせてくれとしつこく言ってきたけどその後なんの接点もなかった少女が、突然同級生を紹介してきた、なんて流石にないとヘレーネにもわかる。

目標は、廊下で会ったら挨拶ぐらいはするし世間話もたまにする仲、である。高望みはいけない。

現実を見なくては。では、どうやってそこまでの関係になればいいのか。

（……駄目だわ。どうしたらいいのかさっぱりわからない……）

存在感をなくして空気のようになる方法はわかっても、人との距離を詰める方法なんてわからないヘレーネだ。当然いい案も浮かばない。こういう時、彼女が頼るものは決まっていた。それはある意味、今世における唯一の友人ともいえる存在、本である。

授業が終わった彼女は早速図書室に足を向けた。

この学園には図書室が三つある。どれも広い面積を誇っているのだが、第一図書室が最も広く、所蔵数も多い上に教室や寮からでも使い勝手のいいところにある。さらに名作傑作と呼ばれる書物も網羅していることから一番人気が高い。第二図書室は学術書や様々な研究資料、最新の論文など専門的な書物が集められていて勉強したい者や将来の目標がはっきりしている者などが使っている。

それに比べて、第三図書室は他二つに比べると狭く、並んでいる本も古い物や状態が悪くなった物、人気がない物ばかりで全体的に埃《ほこり》っぽくてカビ臭い。故に訪れる者も少ない。

ヘレーネが向かったのはそんな第三図書室だ。理由は簡単。そこなら人の目を気にせずにすむからだ。これから人と仲良くなる術《すべ》を学ぼうというのに、なんとも情けない理由である。だが、実家のことであれこれ言われている彼女は、ただ目線がこちらに向いていたり、ひそひそと話しているのを見るだけでまた自分のことかと勘ぐってしまう程度には被害妄想が酷《ひど》くなっていて、人が大勢いるところでは一時も気が休まらなくなっていたのだ。

足を踏み入れた第三図書室は日中にも関わらず、どことなく薄暗い。利用者がいないことは予想していたが、司書の姿さえも見えずこれなら盗むことも簡単に出来てしまうだろうなとヘレーネは思った。恐らく、この部屋になくなって困るような本はないのだろう。

ヘレーネは図書室を見て回り、目的の分野の本を見つけると何冊か抜いて、図書室の奥まった場所の人には気づかれにくい席に座り読み始めた。

手に取った本にはそれぞれ『失敗しない人付き合い』『親友の作り方』『これであなたも人気者』など、なんともわかりやすい題名がつけられている。そして、出版からそれなりの年数が経っているのにやけに綺麗《きれい》なままのその本にはありきたりというか、定番なことが書かれていた。著者曰《いわ》く、待っているだけでは駄目、自分から行動しましょう。人に心を開いて貰うには自分から心を開きましょう。周りの人皆に優しくしましょう。いつも明るく、笑顔でいましょう。

ヘレーネは溜息《ためいき》をついて本を閉じた。実のところ、本を読んだぐらいで社交性が身につくとは思っていない。むしろそれだけで身につくのなら、前世では多くの友人が出来ていただろう。しかしヘレーネには他に手段が思いつかない。彼女にもう少し行動力というか積極性でもあればとりあえずラインハルトと接触を試みてみようとするのだろうが、彼女の体は椅子に座ったままである。

それからしばらくうだうだと考え込んでいたヘレーネであったが、それにも気が滅入《めい》ってきた為、気分転換に本を読むことにした。勿論《もちろん》、机に積み上がっているものとは別の本だ。

近くの本棚に目を向けると神話に関する本が目に入って、それを手に取る。

今よりずっとずっと昔、まだこの国が生まれる前、世界は滅びに瀕《ひん》していた。

不吉なる赤い星が堕ちて、そこから悪魔達が襲って来たのだ。

人々は為《な》すすべなく殺されていったが、これに心を痛めた大いなる存在はこの地に住まう二人の兄妹に自らの力を分け与え、人々を守り導くように命じた。

闇の力を与えられた兄の名はジードガルマ。光の力を与えられた妹の名はセーラティア。

半神となった二人はその力を以《もっ》て悪魔を滅し、争いを終結させることに成功したが、いざ世界を治める段階になった際、問題が起きた。

ジードガルマが力で人々を支配しようとしたのだ。二人は反発し合い、血を分けた肉親でありながら激しくぶつかった。そして、激闘の末セーラティアが戦いを制した。これによりジードガルマは姿を消し、セーラティアの治世が始まったのだ。


この国に住むものなら小さな子供でも知っている神話であり、それを記す本も山ほどある。恐らくこの本もそのうちの一つなのだろう。本の傷み具合からみて、内容に問題があるのではなく、むしろ多くの人から読まれた為にここに置かれているようだ。

他にもいくつか神話が載っており、ヘレーネは気づけば夢中で読み込んでいた。

本は良い。夢中になっている間は人の顔色を気にせずにすむし、独りであることを忘れられる。

心休まる時間を堪能《たんのう》した彼女が、ふと顔を上げると窓から見える空は橙《だいだい》色《いろ》に染まっていた。

(あ、もうこんな時間……)

何の成果も得られなかったが、とりあえず今日はもう帰ろう。そう考えていると彼女の耳に足音が聞こえた。自分以外の存在を感じ取り、ヘレーネは体を強張らせる。相手が自分のことを知っている者なら姿を見るなり不快感を見せてくるかもしれない。

とにかくここは気づかれぬよう息を潜めてやり過ごそうとしていると、その足音は次第に遠くなり、椅子を引く音がしたと思えばそのまま聞こえなくなった。どうやらどこかの席についたみたいだ。

このままこっそり部屋から出ようと思ったヘレーネだったが、ふと好奇心が芽生える。

（一体誰がこんな場所を利用しているのかしら……）

完全に自分を棚に上げてそんなことを思ったヘレーネは、こっそりとその人物を窺《うかが》うことにした。

気づかれないように足音をたてないように探すと、ヘレーネと同じく人目につかないような席に座っている人物を発見した。背中しか見えないが、彼女はそれが誰なのか理解し目を見開く。

（ら、ラインハルト様っ！）

驚いた。まさか、彼のような人がこんなところにいるなんて。

ヘレーネの胸は高鳴るが、先日の失態がある為声をかける気にはなれない。

ラインハルトはヘレーネの存在に気づいていないようで、読んでいる本から目を離さない。彼女はその背中を少しの間見つめていたが、音をたてないようにそっと立ち去った。

（ラインハルト様もあそこ使うことがあるんだ）

廊下を歩く彼女の足取りはいつもより軽い。好きな人と自分の些細な共通点を見つけて気分が高揚しているのだ。前からいくら探しても見つからないことはあったが、そういう時は第三図書室を使っていたのかもしれない。多分一人になりたかったのだろう。ゲームにおけるラインハルトも社交性はあるが、本来は一人でいることを好む人物だった。

だとすれば、やはりあそこでラインハルトと接触するのは止めておいた方がいい。

せっかく一人で過ごせる憩いの場を壊したくないということと、彼女自身も本をよく読む身として読書を邪魔されたら嫌だろうと思ったのだ。

(それにしても、ラインハルト様はどんな本を読んでいらっしゃるんだろう?)

なんとなくイメージとしては歴史や政治、経済などの学術書などを読んでいる気がする。その反面、心温まる感動物や甘く切ない恋愛小説は読むどころか手に取っているのも想像つかない。

逆にヘレーネはそういった話が好きである。たとえどんなにありきたりで陳腐でご都合主義であろうとラストは皆が幸せになるような、そういう現実味のない話が大好きなのだ。

だから、ラインハルトとは本の趣味が合わないかもしれない。

(でも、ラインハルト様が読んだ本……私も読んでみたい……)

それでも、それが「ラインハルトが読んだ本」なのであれば、ぜひ読んでみたいと思うのは恋をしている少女として当たり前の感覚だった。

(そうだ……ラインハルト様の読んでいる本を読めば、きっとラインハルト様のことを少しでも知ることが出来る。そうすれば、ラインハルト様と会話する糸口も見つかるかもしれない)

それはとても良い考えに思えた。本を借りる時は本についている貸出カードに名前を書かなければいけない。それを地道に探していけばきっとラインハルトの名前も見つかるに違いない。

ヘレーネはそう確信している。ラインハルトが本を借りていない、あるいは今日自分が思ったように勝手に持ち出している可能性に全く気づかぬまま、我ながらいい考えだと珍しく自画自賛しながら彼女は寮に向かったのだった。


翌日の放課後、早速ヘレーネはラインハルトが読んだ本を探しだした。

ラインハルトが興味を持ちそうな分野から何冊か抜き取って、その中にある貸出カードを確認するという地道な作業である。しかも他二つの図書室より数が少ないとはいえ、ここの蔵書数もかなり多い。どう見ても二、三日では終わりそうにないが、ヘレーネは特に苦痛を感じなかった。前世からこういう地味な作業は好きだったし、暇はたっぷりあるので焦らず気長にやるつもりだったのだ。

しかし今日のヘレーネは運が良いようで、探しはじめて間もなくのうちにさっそく一冊見つけることが出来た。どうやらラインハルトは意外と律儀な性格らしい。本の内容は領地の運営に関するもので、すでに領主として土地を治めているラインハルトらしい書物であった。

表紙をめくり、軽く中身を見てみる。

（『領地の発展とそれに伴う街の整備』、『人口が急増加した場合に起こりえる問題』か……）

ヘレーネにはこういった知識はほぼない。ボルジアン家の書物庫にはそういった本がほとんどなかったのだ。領地の運営は領主自身がやらずとも、人を雇って任せることも出来る。ボルジアン家はまさにそれだった。

（でも、こういう勉強をしておけば、ラインハルト様との話の種になるかも）

曲がりなりにもヘレーネだって貴族である。こういった話題を出しても不自然ではない。

とはいえ、手にある本はなかなか難しく、何の知識も持たない今のヘレーネには読めそうになかった。もっと初心者向けの本から読むべきか、それともここは一旦この本のことはおいて、他にラインハルトが借りた本を探した方がいいか、悩みどころである。

考えた結果、一から勉強するには時間が掛かるし、本当にこのジャンルだけで話が出来るかもわからないので他の本を探すことにした。しかし、この本を見つけただけで本日のヘレーネの運は尽きてしまったのか、どの本の貸出カードにもラインハルトの名前は見つからない。

やがて時間は過ぎ、この日は寮に帰るヘレーネだった。

そんな風に本を探して、一日、二日と過ぎ、気づけば十日も経っていた。

来る日も来る日も図書室に通いつめ、貸出カードを確認しながらも途中でつい興味をそそられる本を読みふけった結果、ラインハルトが借りたと思《おぼ》しき本をいくつも発見することが出来た。

それでわかったことだが、彼はこの図書室の中でも特に傷みの酷いものを選んでいる。傷んでいる本は、つまりそれだけ多くの人から読まれているということであり、それだけ人を惹きつける内容だということだ。途中でこのことに気づいてからは探すスピードがかなり早くなって助かった。

ヘレーネは適当な席に座り、探しだした一冊の本を手に取る。まだ図書室全てを探し回ったわけではないが、今日は本探しを休止して本を読んでみようと思ったのだ。

彼が借りた本の大半は最初に見つけたもののような難しい専門書であり、彼女には読めない。だが、幸いなことに小説もいくつかあって、手にある本もその中の一冊である。

いよいよラインハルトの読んだ本が読めるのだと思うと心が躍《おど》る。そんな気持ちをなんとか抑えつつ、ヘレーネは表紙をめくった。が、最後のページまで読み進める前に、本を閉じてしまう。

本の文章力は素晴らしかった。文字の羅列がどんどんと頭の中に入ってきて、目を閉じれば簡単に風景や登場人物の姿や声、表情が浮かび上がるようである。

だけれど、物語の内容がヘレーネには辛《つら》かった。

主人公は家族と仲良く暮らしている少年である。彼は将来、城に仕える騎士を夢見ながら当たり障りなく平凡で、けれど平和な日々を過ごしていた。だがある時、少年の国は他国と戦争を始め、彼の町は他国に攻めこまれてしまう。両親は殺され、少年は命からがら幼い妹を連れて逃げることが出来たが、戦争による混乱の中では孤児になった彼らに救いの手が差し伸べられることはなく、二人は野良犬のように毎日ゴミを漁《あさ》って生きて行くことになった。最初はそれでもたった一人残された家族である妹を大事にしていた少年だったが、過酷な毎日の中で徐々に何の役にも立たない妹を鬱陶しく感じるようになり、手をあげるようになってしまう。ある時、どんなにゴミを漁っても野菜の皮一切れ見つからない日々が続き、空腹で倒れそうになっていると、ようやくパンを一つ見つけることが出来た。そのパンはカビだらけだったが、彼にとってはご馳走《ちそう》である。

彼がそれに手を伸ばそうとすると、もう一つ伸びる手があった。妹の手だ。パンを分けてしまえば自分の取り分が少なくなってしまう。そう思った少年は妹を殴り、倒れたその体に馬乗りになって、首に手をかけ力を込めた。

そして妹の呼吸が止まってしまう場面で、ヘレーネは耐え切れなくなったのだ。

序盤、少年は友達がいじめられているのを見れば体一つで飛び出して、自分より大きな相手に挑むほど勇敢で心優しかったのに、カビの生えたパン一つと引き換えに妹を殺してしまったのだと思うと、胸になんとも言えない不快感が渦巻く。

とてもではないが、続きを読む気にはなれない。しかも、集中して読みふけった為にしばらくは忘れることも出来ないだろう。ヘレーネは未《いま》だ読んでいない他の本にちらりと目を向ける。

（もしかして、みんな同じような内容なのかしら……）

そう思うとなかなか手が動かない。だからといってこのまま読まずに戻るということも出来ず、恐る恐るという様子で指を伸ばした。それからどのくらい時間が過ぎただろうか。ふと窓の外を見ると、すでに日が沈みかけており、ヘレーネは大いに慌《あわ》てた。

「え、嘘《うそ》っ、いつの間に⁉」

寮の門限までそう時間がない。ヘレーネは急いで身支度をして本を戻していく。だが先ほどまで読んでいた一冊だけは棚に戻すことを躊躇《ためら》った。正直に言えば、このまま本を部屋まで持ち帰り続きを読みたい。まだ半分も進んでいないし、時間など気にせずゆっくり読み進めたいのだ。

だが今は本当に急いでいて貸出カードに名前を書く時間すら惜しい。だけれど本も読みたい。

そうこうしているうちに時間は過ぎていく。焦りに焦ったヘレーネは本を自分の鞄《かばん》に詰めるとそのまま早足で寮に向かった。

なんとか門限に間に合うことが出来たヘレーネは、ベッドに腰掛けながら安堵《あんど》の息を漏《も》らす。

（も、持ち出しちゃった……！）

自分のしでかしたことに、ヘレーネ自身も驚いている。

（だ、大丈夫かな？　バレたりしないよね……？）

こんなこと他の人に知られたらただでさえ浮いているのに、周囲からますます白い目で見られるんじゃないかと内心ヒヤヒヤする。でもその反面、早く本の続きが読みたいという気持ちが湧き上がる。

それほどまでに先ほどまで読んでいた本は面白かった。

内容は所謂《いわゆる》サスペンス物である。普通に暮らしていた一人の女性がある日突然何者かに誘拐され、気がつくと見知らぬ場所に監禁されていた。しかも犯人はすぐ隣の部屋にいるという絶体絶命の状況でなんとか脱出を試みるという話だ。正体不明の犯人、どんどん追い詰められていくヒロイン、あちらこちらにちりばめられた伏線、予想もつかない展開、どれも目が離せない。

先に読んだものとは違い、暴力的な描写も少ない為、安心して読めることも理由の一つだ。

（それにしてもこういう話、初めて読んでみたけれど結構面白いな）

サスペンス物は前世でもほとんど読んだことがなかった。特に嫌っていたわけではないがあまり興味がなかったのだ。ラインハルトが読んだ本でなければこれからも読もうとはしなかっただろう。

そのことを少し後悔しつつ、彼の読んだ本の中に自分でも楽しめる本があったことが嬉しい。

ラインハルトも、自分と同じように目が離せなくなったのだろうか？　つい時間を忘れて没頭してしまったのだろうか？　早く結末が知りたいような、けれどもまだ終わって欲しくないようなジレンマを感じたのだろうか？　この胸に広がる感情を、少しでも共有出来ているのだろうか？

そう思うと、彼の存在がぐっと近くなったような気持ちになる。

高鳴る鼓動は、きっと走ったせいだけではない。ヘレーネはそっと本を開き、読書を再開させる。

結局この日、夜遅くまで彼女の部屋から明かりが消えることはなかった。

■■■

ヘレーネの朝は学園の鐘の音で始まる。毎日六時に鳴らされるこの鐘はヘレーネだけではなく、この学園に在籍するほぼ全ての生徒にとっても目覚まし代わりだ。

まだ眠気の残る体を大きく伸ばしたヘレーネは、ベッドから出るとまず洗面台で顔を洗う。それからクローゼットから取り出した制服に袖を通して、髪を結べば身支度は完成だ。

早いもので、この学園に入学してからもう二ヶ月が経とうとしている。授業を受けた後は図書室で本を読む日々が続き、相変わらず友達なんて一人もいないが、特に寂しくはない。周囲から浮いているものの、実害がないだけマシだろう。あとはこのまま来年まで何事もなく過ぎて欲しい。

ラインハルトに関しては、あのお礼をしそこねた日以来接触していない。学園で、たまに図書室に来て本を読んでいる彼を遠目で見ることはあっても、近づくことは出来なかった。

確かに彼が好む本の傾向については多少推測することが出来るようになっている。けれど、それ以前にどんなきっかけで話しかければいいのかヘレーネにはわからないのだ。彼が好きそうな本を見つけ出し、「これ、きっと気に入ると思います」と言って渡そうかと考えたが、明らかに変だし、彼の趣味ではない可能性もある。逆にその本が彼好みだったとしても、それはそれで気持ち悪い。

あれこれ考えているうちに、もういっそこのままでいいのではとすら思えてくる始末だ。

下手《へた》になにかしでかしてますます心証を悪くするくらいなら何もしない方が良いような気もするし、それに最近思い出したことなのだが、ゲームではラインハルトからヒロインに接触を図っていた。

つまり、ヘレーネが何もしなくとも、二人は出会う運命なのだ。だったらあとはヒロインが他の攻略対象と仲良くならないように邪魔すればいいだけなのではないだろうか。こちらには自信がある。人の足を引っ張り邪魔するなんてことは前世からの得意分野だ。

勿論ここには現実逃避からくる楽観視が多大に含まれているが、少なくとも現状を顧《かえり》みてラインハルトと和《なご》やかに会話するなんてことに比べれば随分と現実味と確実性がある。しかし、だからといって本当にこのままでいいのかという不安も消えない。どうすればいいのかわからないヘレーネは、本を読みながら大好きなあの人を遠くから見つめるだけの日々を送っていた。


（ラインハルト様、今日も格好いい……）

今日も廊下を歩いている彼の姿を物陰からじっと見つめた。その姿はどう見てもストーカーだ。

だがストーカーというものは自分がそうだという自覚がないもので、ヘレーネも自分がストーカーだなんてことは全く思っていなかった。

胸をときめかせながら見つめていると、気の強そうな金髪の女子生徒がラインハルトに近づく。何度かラインハルトと一緒にいるのを目撃している生徒で、恐らく彼の同級生なのだろう。

「ラインハルト、来週のパーティーのことなのですけど」

「ん？　ああ、あれか。別に適当でいいぞ」

「あらいけませんわ。絶対に素敵なパーティーにしてみせますわ」

（来週？　パーティー？）

一体何のことだろうとヘレーネは頭をひねる。

「だって、せっかくの貴方の誕生日パーティーなんですもの。盛り上げなくてどうするのです」

（えっ……）

聞こえてきた言葉にヘレーネは驚く。

（誕生日、え、ラインハルト様の誕生日……!?）

ゲームには攻略対象やヒロインに誕生日の設定はなかったが、本来ならあって当たり前のものだ。

その後の会話から正確な日時を確認したヘレーネは足早に歩いて行く。

（これは、これはきっとチャンスだわ）

誕生日プレゼントという名目なら本を渡しても不自然ではない。そこで彼の喜ぶ物を渡せば心証も少しはよくなるはず。ただ、そういった打算とは別に、ヘレーネ自身がラインハルトにプレゼントを渡したかった。好きな人に、少しでもいいから近づきたい。恋する乙女らしい欲望がそこにはあった。

（……少しでもいいものを見つけなきゃ）

この機会をものにするべく、ヘレーネは早速学園の外に出ることにした。

学園の外は王都なだけあり、様々な人が行き交っていて非常に賑やかだ。

入学してから一歩も学園の外に出ていないヘレーネにはどこに何があるのかさっぱりなので、とりあえず大通りを歩いてみると、古書店も含め、いくつも本屋を見つけることが出来た。

そのうちの一つに足を踏み入れてみる。店員の「いらっしゃいませ」の声に小さく会釈して奥に進むと本棚の陰から出てきた人物とぶつかりそうになった。

「あ、ごめんね」

「こ、こちらこそ」

出てきたのはヘレーネよりも少し背丈の高い少年だった。茶髪と緑の瞳、中性的な顔立ちに見覚えがあり、遠ざかる背中を見送りながら誰だったかと記憶を巡ると、一人の攻略対象に思い至る。

(……もしかして、ニコラス・ルイス?)

年下だが魔術の才能があり、飛び級して主人公と同級生になった天才だ。

(こんな場所で会うとは思わなかった……もしかしたら他の二人にも会うことがあるかもしれない)

そんなことを考えながら本棚に目を移す。ラインハルトが好みそうな本を数冊ななめ読みした後、他の書店でも同様の行為を行い、本を吟味していく。

これを一日ではなく、二日目三日目と続けた。店としてはいい迷惑なのはわかっているが、今回だけなので大目に見て欲しい。店員からの視線に肩身の狭い思いをしながらも、熟考に熟考を重ね、ヘレーネが購入したのは二冊の本。ラインハルトの誕生日、前日であった。

一冊は発売されたばかりのサスペンスホラー。天涯孤独の孤児がとある家の養子になり、温かい家族を得たのはいいが、何故か命を狙われるようになるという話。もう一つは古書店で見つけた本。婚約者と親友に無実の罪を着せられた男がその後、別人になりすまし二人に復讐《ふくしゅう》をする話だ。

二冊ともハッピーエンドとはいえず、特に後者の方は悲しい終わりだが、僅かながらに希望もあってヘレーネはそこが気に入っている。

それから、ヘレーネが普段使っている物よりずっと上質な紙が使われているノートを三冊。これらをまとめて包装紙で包み、メッセージカードを添えれば完成である。

貴族の当主に贈るにしてはみすぼらしいが、両親から渡されたお小遣いが微々たるものであるヘレーネにはこれで精一杯なのだ。

（……ラインハルト様、喜んでくれるかしら）

そうだといいなと思いながら、寝支度をしてベッドに入り込んだヘレーネは、やがてやってきた眠気に身を任せた。


（『お誕生日おめでとうございます。プレゼントです。どうぞ』で、いいかな？　……いや、なんか緊張で噛《か》んじゃいそうだから、簡潔に『おめでとうございます』だけでも……いや、これだと素っ気ないかも……）

翌日の放課後、そんなことを悩みながらヘレーネはラインハルトを探した。

誕生日パーティーに参加することは出来ない。だから、なんとかその前に渡そうと思ったのだ。

だが、他者との交流をほとんど持たない彼女は気づかなかった。彼がどういう存在なのかを。

「ラインハルト様、これよかったら受け取って下さい」

そう言ってラインハルトに可愛らしい包装紙で包まれた箱を差し出しているのはヘレーネには見覚えがない女子生徒達だった。

「ああ、ありがとう」

ラインハルトがにこやかにそれを受け取ると彼女達は黄色い声をあげながら去って行く。一方、ラインハルトの方は慣れた様子で足下に置いてある紙袋にそれをしまった。紙袋は他に二つあり、どれもプレゼントでいっぱいだ。

（そっか……そうよね。ラインハルト様が人気ないわけないわよね）

一瞬あ然としながらもヘレーネは納得した。そもそも彼を高嶺の花と評したのは彼女自身だ。

容姿端麗で文武両道、身分も高くて将来有望。その上、人当たりもよく社交性もある。そんな人が、周囲から好かれないわけがない。

（……どうしよう、渡せるかしら？）

誕生日を彼に近づくチャンスだと思ったのはヘレーネだけではないようで、ラインハルトの周囲には多くの人間がいた。ヘレーネには入り込む余地がないように見える。

（でも……でも、せっかく用意したのだから……）

怖気《おじけ》づきそうになるのをなんとか耐え、少しでも人がいなくならないか様子を窺う。が、人は減るどころかどんどん増える一方だ。どうしようと頭を悩ませていると、この間ラインハルトとパーティーの話をしていた女子生徒が彼に近づいていった。

「ラインハルト、そろそろ参りましょう」

「ん、ああそうだな。皆、今日は俺の為に沢山《たくさん》のプレゼントをありがとう。全部大切にするからな」

そう言って別れを告げるとラインハルトは紙袋を持って、女子生徒と一緒に歩いて行く。

周りもそれを見送るが、慌てたのはヘレーネだ。だってまだ、プレゼントを渡していないのだから。

(ど、どうしよう……いや、どうしようじゃない。早く言わなきゃ、ラインハルト様が行っちゃう。言わなきゃ。言って。ほら、早く。言え。言え、言え!!)

「ラインハルト様っ！」

パーティー会場らしいホールの扉に手をかけるラインハルトが振り向く。

「君は……」

「あの、お、お誕生日おめでとうございます！　これ、よかったら」

差し出したプレゼントをラインハルトが受け取るのを確認すると相手の反応を見るより前に「失礼します」と頭を下げて逃げるように去る。

(や、やった！　渡せた！　渡せたわ！)

ヘレーネは内心小躍りしてしまうほど舞い上がった。プレゼントを渡した。たったそれだけのことなのに、ヘレーネは偉業を成し遂げたような気になっていたのだ。

ほとんど会話なんて出来なかった。喜んでくれたかどうかもわからない。それでも……。

(だって、だってちょっと前の私だったら無理だったもの！　あんな風に声を張り上げるなんて！いざっていう時はいつだって二の足を踏んでいたのに！)

他の者から見れば鼻で笑ってしまうようなことだが、ヘレーネには大変なことだった。

（そうだ、今日のことはノートに書こう）

それでこの先、何か辛いことや自分が嫌になったことがあれば読み返して、自分を慰めていこう。

ヘレーネは自分が周囲より劣った人間だとわかっている。だから、少しでも褒められるところが出来たら、自分を思いっきり褒めたかった。認めたかった。

だってきっと、自分以外は誰もそんなことをしてくれないだろうから。

◆◆◆

「そのプレゼント、何が入ってるのでしょうね」

同級生であるカトリーヌ・クレイトンの言葉にラインハルトは肩をすくめた。

「さあ、なんだろうな？」

「確かめてみたらいかが？」

「プレゼントをこんなところで？」

廊下の真ん中で開けるものではないだろうと言外に含ませるが、彼女は意に介さない。

「そうですけれど、彼女はボルジアンの人でしょう？　変なものかもしれませんわ……」

もしそうだったとしてもお前には関係ないだろう、とラインハルトは内心思ったものの苦笑を浮かべるだけに留めた。これはさっさと中身を見せないと面倒だなとプレゼントの封を切る。

「……ほう」

中に入っていたのは本が二冊とノート三冊だった。それを見てカトリーヌは露骨に眉を寄せる。

「……呆《あき》れますわね。仮にも貴族の当主の誕生日プレゼントにこんなみすぼらしい物を贈るなんて。常識知らずです。そうまでして人にお金を使うのが嫌なのね。信じられません」

「そうか？　俺は別に悪くないと思うが」

「ラインハルトは人がよすぎますわ。あんまり人を甘やかしますと、ろくでもない連中はどんどんつけあがっていきますわよ。もっと厳しくしないと」

「わかった、気をつけよう」

「それに、あの子って周囲からなんて呼ばれているかご存知？」

ラインハルトとしてはこの話を切り上げてさっさと中に入ってしまいたかったが、カトリーヌはまだ話し足りない様子で口を開く。内心溜息をついたものの、その話に付き合うことにした。

「いや、知らないな」

「『鉄仮面の女』ですわ。どんな時でも無表情で何も話さず、周りの人間を近づけさせまいと威圧しているそうです。きっと、自分を周囲より上の存在だと思っているんですわ。全く……あんな者が同じ貴族だと思うと情けなくなります。あんな人、自分の領地から一歩も出なければいいのに」

「鉄仮面？」

そう陰口を叩《たた》かれているのは知っていたが、とぼけたふりをしておく。

「ええ、ラインハルトも見たでしょう。ふてぶてしそうなあの顔。性根がにじみ出ていますわ。両親に溺愛され、甘やかされてばかりいた証拠です」

「だが、それほど無表情には見えなかったが」

実際、先ほどラインハルトを呼び止めた時も、髪を乱しながら鉄仮面とは似ても似つかぬ慌てた顔をしていた。しかし、カトリーヌはやれやれと首を振る。

「どうして男って騙《だま》されやすいのかしら……あんなもの、男に取り入る為の演技です」

「演技……ねえ」

「そうです。ラインハルトも気をつけて下さい。あんな子に絆《ほだ》されたりしないよう、お願いしますわ」

「ああ、肝に銘じておく」

言いたいことを言ってすっきりしたらしい彼女は機嫌のよさそうな笑顔を見せる。

「余計な時間を過ごしましたわね。さ、中に入りましょう。皆きっと待ちくたびれてますわ」

「そうだな」

「ふふふ、このパーティーは私が全て監督したんです。素敵な時間を保証しますわ」

「なるほど、それは楽しみだ」

ラインハルトは形だけの笑みを作りながらプレゼントを鞄にしまい込むと、ドアを開けて中に入った。

誕生日パーティーは彼が思っていた通りだった。思っていた通り、時間の無駄でしかなかった。

派手さばかりが際立ってセンスを感じない装飾、上質な食材のよさを殺すような安っぽい味付けがされた料理の数々。なにより、自分を祝うという名目で普段より馴《な》れ馴《な》れしく接してくる馬鹿共と愛想笑いをしながら何も得るものがない会話は疲労感しかもたらさなかった。

（……はあ。これだからこの日は嫌いだ）

寮室に戻ったラインハルトは貰ったプレゼントを無造作に放り投げる。割れ物があれば壊れているかもしれないが、別にどうでもいいことだ。

部屋の中には彼が直接受け取ったもの以外にも直接部屋に運ばれてきたものが数多く存在している。いっそのこと、このまま燃やしてやりたいがそうもいかない。もしプレゼントの感想を聞かれたら何かしらコメントする必要があるので、せめて誰がどれを贈ったか把握しておく必要がある。

呪文を唱えると、ベッドや椅子、テーブルなどあらゆる陰から何かが出てきた。それらは人の形をしていたが、その体は黒いモヤのようなもので出来ていてゆらゆらと陽炎《かげろう》のように揺れている。

「そこにあるものを包み紙から取り出して持って来い。手紙がついていないか気をつけてな」

人間どころか、生物ですらない存在に戸惑う様子もなく、ラインハルトは淡々と命じた。

彼はこのように実体のある影を生み出し、手足のように使役することが出来る。

闇属性の魔術の中でも上位に位置する『暗影の下僕』と呼ばれるものだ。これを使いこなせる者など世界中探してもそうはいないだろうに、若輩《じゃくはい》でありながら魔具を使用せずにやってのける彼の魔術の才能は推《お》して知るべしだろう。

『影』はラインハルトの命じたまま、袋に入っている物や部屋に送られた各プレゼントを開けていく。

中身は案の定、箸《はし》にも棒にもかからないガラクタばかり。既製品、手作り問わず食べ物はまだいい。

食べる気は一切ないが、何か聞かれても「美味《おい》しかった」ですむ。花束も処分が簡単なだけましである。逆に処分に困る物は厄介だ。手編みのセーターやマフラー、趣味の合わない置物に香水、やたらでかいぬいぐるみ、なんだかよくわからない雑貨、その他諸々《もろもろ》。本当に頭が痛い。

（ふう……こんなものだな）

あらかた片付け終わって、ラインハルトは肩を回した。

メッセージカードにも目を通し終えたし、誰がどんなものを贈ってきたのかも記憶した。

今日はもう寝ようと立ち上がると足下に置いた鞄が倒れる。その時、中から何かが飛び出した。

「ああ……これはここに仕舞いっぱなしだったな」

それはボルジアン家の令嬢が渡してきたプレゼントだ。開けた後、鞄にしまったことをすっかり忘れていた。手に取り中身を取り出す。

（さて、どんなものなのやら）

ラインハルトは読書家であり、本は好きだ。しかし、いくら好きとはいえ何でもいいわけではなく、むしろ好きだからこそこだわりが強い。

（まさか、ラブロマンス物じゃないだろうな）

そうでないことを祈りつつ、ページをめくった。そして驚く。

（……意外と面白そうだな）

期待などしていなかったのだが、いい意味で裏切られた。これはあとでゆっくり読もう。ノートの方も予備がなくなりそうだったので丁度いい。

珍しく気に入ったプレゼントを見つめ、考えるのはこれの贈り主のことである。

（『鉄仮面の女』とは、また面白いあだ名をつけられたものだ）

ラインハルトは知っている。彼女が決して周囲に無関心な冷たい人間などではなく、自分の殻に閉じこもって外界を拒絶することで自分の身を守っているただ単に臆病な娘であるのだと。そして、自分に恋をしている、ということも。

第一印象は、少しだけ目が気になっただけでこれといって好悪《こうお》の感情は抱かなかった。二回目の時は多少鬱陶しく思った。三回目に第三図書室で見つかった時はもうここは使えなくなるのかと思ったのに、こちらに声をかけず遠ざかったので少し安心した。それから自分が読んだ本を探して読んでいるのも知っている。これについても特に思うところはなかった。実害もないのにどうこうしようと思うほど、他人に興味がないのだ。これらの理由からラインハルトにとってヘレーネという少女は好ましいわけではないが、特に嫌ってもいないない存在だった。強《し》いて言うなら大人しくて騒がしくしないところが周囲の女よりましなぐらいか。

（それにしても、ボルジアンか……）

彼女の実家はちょっとばかし有名だ。貴族の親が子に「決して、ああはなるな」と教えるのに最適の見本である。ラインハルトも彼らと交流を持ちたいとは思わない。しかし、ボルジアン家が治める領地は素晴らしいのだ。ラインハルトが治める領地から近いそこは領地自体もそうだが、周囲の環境にも恵まれている。領地発展に努めなくとも一定の水準を保てているのはそのおかげだろう。故に自分ならもっと豊かに出来るのにと歯がゆくも感じていた。

そして思うに、あの少女は両親から良い扱いを受けていないのだろう。

彼女は時々、冷たくて暗い湖底のように沈んだ目をすることがある。救いを求めて伸ばした手は振り払われ、助けを求めて張り上げた声は黙殺され、ありとあらゆるものから見捨てられたが故に、何もかもを諦めた、絶望に染まりきった目。ラインハルトには、それがわかる。

（……こうしてみると、なんとも謀《はかりごと》に向いた状況だな）

叩けば埃が出る両親に、その両親から虐《しいた》げられる娘は自分に恋心を抱いている。

いかにも利用して下さいと言わんばかりではないか。意図せず出来上がったお膳立てを捨て置くのはあまりにもったいない。だが、そういった打算とは別の感情が心中にはあった。

ラインハルトは決して正義漢などではない。人を騙したり陥《おとしい》れたりすることに抵抗がないし、自分を慕う者でも不利益になるなら容易《たやす》く切り捨てる。

しかし、あの哀れな少女の身の上には少しばかり思うところがあった。

助けたいなどとは思わないが、気まぐれに手を差し伸べてみるのも悪くない。ちゃんと自分の役に立ったならまともな生活を送れるよう面倒をみよう。それぐらいの甲斐性《かいしょう》はある。

そこまで考えて、ラインハルトは本を机に置いてベッドに向かった。

2章　打算の優しさ

ラインハルトにプレゼントを渡すという大仕事を終え、ヘレーネはまたそれまでの第三図書室に通う日々に戻った。最近は彼が読んだ本を探して読むよりも、自分が興味関心を持った物や、領地関連の本を読んでいる。とはいえ、あの時は建前があったからなんとか話しかけられたものの、理由もなく話しかけられないので、またラインハルトと話せる機会が訪れるのは随分先になるだろう。

そう、思っていたのだが……

「やあ」

目の前で笑顔を見せるのは紛《まぎ》れもなく想い人。

「今日も読書か？　精が出るな」

「は、はい、ありがとうございます」

なんとか返事をすると彼は「それじゃあ」と去って行く。実は最近、ラインハルトとたまに話すようになったのだ。話すといっても、挨拶《あいさつ》とちょっとした世間話程度なのだが、十分である。

始まりは誕生日を数日過ぎてから、いつも通り遠くからラインハルトを見ていると向こうがこっちに気づいて近づいて来て、「この前は素敵な本をありがとう。とても面白かった」と言ってきたのだ。

あの時は心臓が止まるかと思った。

(それにしても、こんなに声をかけて下さるなんて……本当に気に入って下さったのね……)

本当に嬉《うれ》しい。この分なら、ヒロインを紹介出来そうだと考えながら、図書室に足を向けた。


「さて、皆さん。今まで魔術について勉強してきましたが、今日はいよいよ魔術を実践してみようと思います」

ユージーンの言葉にクラスはにわかに沸き立つ。ヘレーネもまた興奮を抑えることが出来ない。

「前の授業でも説明しましたが、魔術を使う時は魔晶石が使われた魔具を用います。呪文を唱えながら魔具に魔力を流しこむことで魔術を発現させるのです。呪文や魔具がなくとも魔術が使える人もいますが、それは歴史や本に名前を残しているような一部の人だけです。普通は上手く行きませんし、下手《へた》すると暴走してしまう可能性があるので絶対にしないで下さい」

『暴走』という単語を聞いて、ヘレーネは持っている杖《つえ》を掴《つか》み直した。

魔力の暴走は、小さいものなら魔力を使いすぎて気持ちが悪くなる程度なのだが、酷《ひど》いものだと人を死に至らしめることもあると本で読んだからだ。といっても、暴走するにも魔力が必要な為《ため》、普通の人間ならまずそんなことにはならないのだが、気を引き締めなければならないだろう。

「それでは皆さん、さっき教えた自分の適性属性の呪文を唱えて下さい」

クラス全員が呪文を唱える。しかし、そのほとんどが何も起こらず、残りの一部は火花のようなものを出しただけだった。勿論《もちろん》、ヘレーネは何も起こらなかった側である。

がっかりした顔をしている生徒達にユージーンは微笑《ほほえ》む。

「最初から上手くいく人などいません。さあ、もう一度」

それからも授業が終わるまで呪文を唱え続けたのだが、結局魔術が発現することはなかった。


「うーん……」

第三図書室で、ヘレーネはコップを見下ろしながら唸《うな》っていた。

（よし、もう一度）

水属性の下級魔術である水を生み出す呪文を唱えるも、コップには水滴一つつかない。

（……やっぱり、駄目ね）

ヘレーネは小さな溜息《ためいき》をつく。ユージーンは魔術というのは覚えるにも使いこなすにも時間がかかるものだから焦る必要はないと言っていた。しかし、魔術がない世界を知っている為に魔術に対する憧れが強いヘレーネは少しでも早く使いたかった。派手ですごいものを使いたいとは言わないから、せめて簡単なものをと思っていても、現状ではそれすらままならない。

「……もう一回だけ」

「ちょっと待て」

それでも諦めきれず、杖を振り上げるとそれを制止する声がかかる。聞き覚えのあるそれに慌《あわ》てて振り向くと、ラインハルトがそこにいた。

「え、あっ、い、いつからそこに!?」

ヘレーネが驚きの声をあげるとラインハルトはおかしそうに笑う。

「ああすまない。あまりに真剣な様子だったから、声をかけづらくてな」

ラインハルトはコップを覗《のぞ》き込みながら「魔術の練習か？」と問いかける。

「そ、そうです。今日習ったんですけど、上手くいかなくって」

「最初は誰でもそんなものだ。だが、君は真面目《まじめ》に練習しているから、きっとすぐ使えるようになる」

「そんな、ことは……」

褒められて赤くなる顔を隠すように俯《うつむ》くヘレーネにラインハルトは「ただ」と続けた。

「あまり根を詰めすぎるとかえって上手くいかなくなるぞ。自覚がないだろうが、随分と魔力を消費している」

「……そうでしょうか？」

確かにいつもより体がだるいような気がする。

「ああ、今日はもう止《や》めた方がいい。体を壊しては元も子もないからな」

「わかりました」

素直に頷《うなず》くと、ラインハルトの目線がヘレーネの手に移った。

「ところで、その杖は君の物かな？」

「……そうです」

その視線がいたたまれなくて、言葉尻が小さくなる。魔具と一言にいっても、その性能と価格はピンからキリまであり、ヘレーネが使っているのは見た目だけ綺麗《きれい》で立派な安物の粗悪品だ。

「ああ、すまない。あまり見たことのない物だったからついじろじろと見てしまった。不躾《ぶしつけ》だったな」

「いいえ、そんな。謝るようなことじゃありませんから」

どうやら気づかれなかったようで安堵《あんど》の息を漏《も》らす。別に何も悪いことをしているわけではないが、こんな物を使っているのかと思われるのは、なんとなく惨めだった。

「ところで、君がよければたまに魔術の練習を見ようか？」

「え、いいえ、そこまでしてもらうなんて」

突然の申し出にヘレーネは戸惑いを隠せず狼狽《ろうばい》する。

「遠慮しなくていい……それとも迷惑だったか？」

「そ、そんなことはありません」

ヘレーネは何度も首を横に振る。驚きはしたもののヘレーネとしては嬉しくてたまらない話だ。

それでも、「本当にいいのか？」という疑念は未《いま》だ拭《ぬぐ》えない。しかしラインハルトが「ならよかった」と笑っているのを見れば、今更断ることも出来なかった。

「それじゃあ、これからよろしく」

そう言って手が差し出される。

「よ、よろしくお願いします」

迷いながらもその手に応じると彼は力強く握り返した。

■■■

こうして二人の密《ひそ》やかな交流が始まった。初めの頃はヘレーネが緊張しきりでなかなか成果が上がらなかったが、一月半も過ぎれば肩の力も抜け、少しずつ魔術の腕が上達していった。

「それじゃあ、始めるか。昨日みたいに落ち着いてやってごらん」

「はい」

いつものように人のいない第三図書室。ヘレーネの目の前には空のコップが置かれており、杖を構えて彼女は呪文を唱える。すると水がどこからか現れ、コップを満たした。

ヘレーネは安心したような顔をして、ラインハルトもそんな彼女に笑顔を向けた。

「よし、もうこの魔術はものにしたようだな」

「ラインハルト様のおかげです」

「いや、君の努力の賜物《たまもの》だ。よく頑張っているからな」

「あ、ありがとうございます」

ラインハルトのその言葉にヘレーネは照れて顔を俯ける。この一ヶ月半で二人の空気にも変化があった。最初こそ、気まずい雰囲気もあったが、今はだいぶ和《なご》やかになり、彼と共に過ごすことに居心地のよさを感じるようになっていた。もっとも、これはヘレーネの方だけかもしれないが。

「ところで、そろそろ夏休みだが君はどう過ごすんだ？」

「実家には戻らず、寮で過ごそうと思っています。ラインハルト様はどうなさるんですか？」

長期休暇中、ほとんどの生徒は家に戻るが、寮に残ることも出来る。帰って来いとも言われなかったし、帰ったところで歓迎されないことがわかっているヘレーネはここに残ることにしていた。

「俺は領地に戻る。領地の様子はこまめに報告させているが、やはり自分の目で確認することに勝《まさ》るものはないからな」

「大変なのですね……」

「まあ、もっと人を雇えば楽になるんだろうが、どうも俺は自分でやらないと気がすまないんだ」

「でもラインハルト様はご立派です。学業と仕事の両立なんて誰にでも出来るものではありません」

ラインハルトの歳《とし》で領主として働いている者は少なく、またそれをしっかりこなしている者はもっと少ないだろう。ヘレーネには想像することしか出来ないが、とても大変なことのはずだ。

この図書室でもたまに難しい書類を読んでサインしているラインハルトを見かけることがある。夏休み中は学業がない分、気が休まればいいなとヘレーネは思った。

「ありがとう。ところで、王都で祭りがあることを知っているかな？」

「いいえ。そんなものがあるのですか？」

「ああ、夏休み半ばにな。いろんな出店も出るし、パレードや花火もあって、毎年とても賑《にぎ》わうんだ」

「まあ、そうなんですか」

なんとも好奇心をそそられる話だ。どうせ夏休み中、学園で過ごす以外に当てがないし、そういうのに興じてみるのもいいだろう。一緒に楽しむ相手はいないが。

「ぜひ、行ってみます」

「ああ、きっと楽しいぞ」

そんな話をしたのが、夏休みが始まる二週間前のことである。


普段、人が多い場所に自分しかいないと妙に落ち着かない気分になってしまうな、と考えながらヘレーネは人の姿がない廊下を歩く。夏休みが始まると、学園から一気に人が減った。学園に残った一部の生徒も閉じこもることはせず、外で過ごしているようで見かけることは少ない。

そんな中、ヘレーネはいつも同じような日々を過ごしている。変わったことといえば第三図書室だけではなく、第一、第二図書室も利用していることぐらいだろうか。たまに学園の外に出るものの、手持ちの金も少なく、知り合いもいないので、見て歩きまわるだけで終わるのだ。しかしそれを不満に思うこともなく、ヘレーネは淡々と毎日を過ごした。だけれど、一つだけ楽しみなことがある。

「ヘレーネ君」

名前を呼ばれ、振り返れば担任であるユージーンがそこにいた。

「ユージーン先生……どうかしましたか？」

「君に手紙が届いていますよ」

その言葉に、鼓動が僅《わず》かに早くなる。封筒を受け取り、「ありがとうございます」とお礼を告げて寮室に向かう。差出人には、ラインハルトの名前が書かれていた。

夏休みになってからこうしてラインハルトから手紙が届くようになったのだ。

手紙の内容は自分の近況や領地で起きたこと、他愛のない噂話など様々で彼女をとても楽しませた。

（今日はどんなことが書いてあるのかしら）

胸をときめかせ、文面に目を落とす。

「……へ？」

そして、思わず間抜けな声が口から漏れた。そこには最近、流れの商人がやってきて珍しい品を買ったということ、社交界で流行《はや》っている演劇や歌劇について、そしてヘレーネの体調を気遣う文章の後に、こう続けられていた。

『実は今度、王都に行く用事があるのだが、丁度祭りの日程と重なるんだ。よかったら一緒に見て回らないか？』と。


「すまない、待ったか？」

「い、いいえ、全然」

校門前で待っていたヘレーネの前に黒い外套《がいとう》とベストを着たラインハルトが現れる。

夏休みが始まってから久方ぶりの再会に、ヘレーネは嬉しいやら照れるやらで胸の高鳴りを抑えられない。今朝、何度も確かめたはずなのに、髪に寝癖がついてないか急に不安になって手で梳《と》かす。

「君の私服姿は初めて見るが、似合っているな。綺麗だ」

「あ、ありがとうございます」

ヘレーネが着ているのはブラウスと青のスカート。質素で華やかさはないが、それでも持っている数少ない衣服の中で、出来る限り品のある格好をしようと頭を悩ませた苦労がここで報われた。

「それじゃあ、行こうか」

「はいっ」

歩き出したラインハルトに追従する形でヘレーネはお祭りに向かう。

ラインハルトが言っていたように王都は以前来た時よりもずっと人が多かった。親子連れに若いカップル、お小遣いを握りしめた子供達や孫に手を引かれる老婆など様々な人が祭りを楽しんでいる。

店には見たことのない商品が沢山《たくさん》並び、行列が並ぶ屋台からは香ばしい香りがただよい、道化師が大道芸を披露していて、見ているだけでも楽しめた。

「大丈夫か？　疲れたら言って欲しい」

「いいえ、大丈夫です。まだ平気ですから」

「そうか？　無理はするなよ」

人混みには慣れていない為、気疲れはあるが、それもラインハルトがこまめに休憩を入れてくれるので大したことはない。一通り見て楽しんだ二人は、大通りに向かう。そこにはすでに大勢の人が集まっていた。もうすぐパレードの時間なのだ。

早く始まらないかなとヘレーネが思っていると、ついにその時がやって来た。

まずやってきたのは音楽隊。様々な楽器を使って軽快な曲を演奏しながら行進してきた彼らの後ろでは華やかな衣装を身にまとったダンサー達が華麗な踊りを披露している。さらにその後方からやってきたのは様々な趣向を凝《こ》らした台車だ。

ラインハルトの説明では、パレードには毎年沢山のチームが参加して自慢の台車を披露するのだという。その為、台車は動物をかたどったものや有名な英雄や魔物に模したもの、なんだかよくわからない奇抜なものまで様々なものがあった。見惚《みと》れていたヘレーネだったがもう少しよく見ようと背を伸ばした時、人混みに押されバランスを崩してしまう。

「きゃっ」

「おっと、大丈夫か？」

「は、はい……ありがとうございます」

だが幸いにもラインハルトが支えてくれたので倒れこまずにすんだ。

「こういう人が密集している場所は事故が起こりやすいからな、気をつけるんだぞ」

「……ごめんなさい」

ラインハルトに注意されたヘレーネはばつが悪そうに身を縮める。ふと、彼の手が未だ自分の肩に添えられていることに気づいた。

「あ、あの、ラインハルト様……」

「ん？　どうした？」

「その……えっと、もう支えていただかなくても大丈夫ですから……」

「ああ、すまない」

彼はそう言うと肩から手を離す。

自分から言ったことなのにそれを寂しく感じる心を無視してヘレーネはパレードに目線を向けた。

パレードが終わり、空はすっかり茜色《あかねいろ》になっていた。

名残惜しいがそろそろ帰らねばと思っていたヘレーネだったが、ラインハルトがそれを止める。曰《いわ》く、最後に案内したい場所があるとのことなのでついていくと、そこは高級レストランであった。

「せっかくだ。花火も楽しまねば損だろう」

驚くヘレーネにラインハルトはそう言って笑う。

ウェイターに案内されたのは窓から王都が一望出来る個室。

キョロキョロと周囲を見渡すヘレーネに、ラインハルトは椅子を引いて座るように促《うなが》した。

「ここは俺のおすすめでな。味は保証するぞ」

「は、はい……」

手渡されたメニューを開いてみるとずらりと並んだ料理名にどれにするべきか頭を悩ませる。

「決まったか？」

「いえ、どれがいいか迷ってて……」

「それなら……これなんてどうだ？　女性に人気らしい」

そう言ってラインハルトが勧めたのはシーフードのドリアだった。

「そうですね、それじゃあこれにします」

「デザートはどうする？　この苺《いちご》のジェラートなんていいんじゃないか？」

「はい、お願いします」

「よし」

ラインハルトがウェイターに注文しているのを聞きながら窓に目を向ければ、太陽が沈みかけているところだった。オレンジに染まる街並みに、懐《なつ》かしくも切ない気持ちにさせられる。やがて空が藍色に変わると、何かが打ち上がる音がして、破裂音と共に花火が現れたのだった。それを皮切りに、いくつもの花火が打ち上がっては夜空を飾っていく。

「わあ……」

感嘆の声をあげ、ヘレーネは花火に見入る。

「ラインハルト様、綺麗ですね」

「ああ、そうだな」

ラインハルトを見れば彼も笑って応じてくれる。ああ、なんて幸せなのだろうとヘレーネは思った。

(ラインハルト様とこんなにも素敵な時間を送れるなんて、本当に夢のようだわ。一緒に出かけてご飯を食べるなんて、まるでデートみたい)

そこまで思って、ヘレーネの冷静な部分が囁《ささや》いた。何を言っている？　そんなわけないだろう、と。

(……そうだわ。何を考えているのかしら、私は……)

ラインハルトがどうしてここまでよくしてくれるのかはわからない。けれど、よりにもよってデートみたいだなどと、思い上がりも甚《はなは》だしい。自分が、人から好かれない人間だということは、よくわかっているはずなのに。ヘレーネは目線だけは花火に向け続けていたが、それでも先ほどまでのように楽しめる気にはなれなかった。

「あの、ラインハルト様はどうして私に優しくしてくれるんですか？」

花火も終わり、運ばれてきた料理に手を付けようとする前にヘレーネはラインハルトに疑問をぶつけた。自分が好かれているとは思わない。思わないがそれでも、「もしかしたら」と思ってしまう往生際の悪さが彼女にはあった。だから、彼にはっきりと言って欲しかったのだ。

「どうしてって、何故そんなことを聞くんだ？」

「えっと、ラインハルト様は私にとても優しくしてくれます。勉強を教えてくれたり、こうして美味しいものを食べさせてくれたり。でも、どうしてここまでしてくれるのか、わからないんです。前にプレゼントが気に入ったと言ってくれましたが、それだけとは思えなくて……」

口に出してから後悔する。どう考えても失礼な言葉だ。だが、言ったことは取り消せない。

内心、戦々恐々としたヘレーネだったが、意外にもそれに気分を害した様子もなく、ラインハルトは少し考える仕草をして口を開いた。

「そうだな……俺はな、君の実家の領地に興味があるんだ」

「領地……」

「ああ、あそこはいいところだ。これからもっと発展していくだろう……領主にやる気と能力があればの話だが」

「……」

「なあ、ヘレーネ」

強張《こわば》った表情を浮かべる彼女をなだめるように、ラインハルトは優しげな声色と微笑みを向ける。

「はっきり言って、俺は君の両親をどうにかしてやろうと思っている。だから君にも協力して欲しいんだ。もし、協力してくれるのなら、君は悪いようにしない」

「……わ、私、は……」

なんと答えるべきかヘレーネにはわからなかった。ラインハルトがボルジアン家の領地を狙っていて、その為に自分に近づいて来たことはわかる。それは別にいい。だが、ゲームではヘレーネとラインハルトに協力関係などなかったはずだ。つまりイレギュラーということになる。それならこれ以上ゲームの本筋から外れないよう断った方がいいのか。いや、自分の末路がどうなろうと、ヒロイン達には影響がないだろうから受け入れるべきか。

「ヘレーネ」

名前を呼ばれ、ヘレーネは我に返る。

「な、なんでしょう？」

「君の悩む気持ちもわかる。だが、このまま両親が健在だと君は両親から支配される一生を送るだけだ。それでいいのか？　一矢報《いっし》いたいとは、思わないか？」

ラインハルトの言葉にヘレーネは拳を強く握った。頭に浮かぶのは今まで受けてきた仕打ちの数々。人格否定をされ、少しでも言うことに背けば手をあげられ、外にもろくに出して貰《もら》えず、理不尽な言いがかりをつけられては暗くて狭い屋根裏部屋に閉じ込められてきた。

ヘレーネは両親が嫌いだと感じていない。今まで彼らのことを徹底的に考えないようにしてきたからだ。特にゲームでの末路を思い出してからは、どうせ来年には消える存在だからと捨てておいてきたが、今彼女の胸に僅かながら灯《とも》ったもの、それは確かに憎しみと呼べるものだった。

(あの人達に一矢報いる……私が、私の意思で……)

この決断に意味はないのかもしれない。ヘレーネが断ったところで、ラインハルトかあるいは他の誰かがあの二人に鉄槌《てっつい》を下すだろう。でも、いやだからこそ、彼女は選んだ。

「わかり、ました……私に出来ることでしたら、何でもお手伝いします」

ヘレーネの言葉にラインハルトはニィと笑みを浮かべる。

「そうか、それはよかった。それじゃあ、食事をしながら話をしようか」

「はい」

食事の合間、ヘレーネは持っている情報を全てラインハルトに伝えた。これらが少しでも彼の役に立つことを願うばかりだ。

「味はどうだった？　口にあったか？」

「はい、とても美味しかったです」

「それはよかった。それならまた今度」

外に出るとあたりはすっかり暗くなっていた。二人は学園に向かって歩いて行く。

「え、ラインハルト!?」

声をかけられ振り向いてみるとそこにはラインハルトの同級生であるカトリーヌの姿があった。

「カトリーヌ、君か」

「どうしてこんなところに？　貴方《あなた》、ずっと領地にいるって言ってましたわよね？」

ドレスを着て着飾っている彼女はラインハルトに駆け寄って問いかける。

「ちょっと野暮用があって、王都まで出てきたんだ」

「そんなことなら言って下さればよかったのに……あら、そちらの子は？」

最初から隣にいたのにさも今気づいたという様子でカトリーヌはヘレーネに目を向けた。

波打つ金髪に意思が強そうな青い瞳を持つ彼女とは特に面識もないのだが、気の強そうなところがなんとなくヘレーネは苦手で思わず身をすくませる。

「さっき偶然会ったんだ」

ラインハルトがさらりとついた嘘《うそ》に合わせてヘレーネも相槌《あいづち》を打つ。

この人に、今日一日一緒にいたなんて言わない方がいいことは流石《さすが》に察した。

「まあ、そうでしたの」

「こ、こんにちは」

「ええ、どうも。それよりもこれから時間はありますの？　少しお茶をいたしませんか。丁度そこに私の家族もおりますのよ」

ヘレーネの挨拶を適当に返して、カトリーヌはラインハルトに言い募《つの》るが、彼は首を横に振る。

「その誘いは嬉しいが、俺は明日の早朝ここから発《た》たなければいけないんだ。悪いが、またの機会にしてくれ」

「あら、それは仕方がありませんね」

「ああ。それじゃあ、俺は彼女を送るので、これで失礼する」

「……彼女一人で平気ではないですか？」

「そういうわけにはいかない。夜道は何があるかわからないからな……さあ、行こう」

「は、はい」

ラインハルトと共に歩き出したヘレーネだったが、背中に痛いほどの視線を感じそっと振り返るとカトリーヌが美しい顔を歪《ゆが》ませ鋭い眼光で自分を睨《にら》みつけているのに気づき、背中を震わせる。

その視線は姿が完全に見えなくなるまで途切れることはなかった。

■■■

二学期が始まると、学園は以前の活気を取り戻した。

多くの生徒が夏休み中の思い出話に花を咲かせる中、ヘレーネは一人で変わらず過ごしている。

ラインハルトと協力者という関係になったものの、当面は何もしなくていいと言われていて、だから、彼女は今日もいつも通り第三図書室に向かっていたのだがその前にある人物が現れた。

「貴方、ちょっといいかしら」

「……カトリーヌさん」

あの祭りの日に偶然会って、その帰り際に睨みつけていた先輩の登場にヘレーネは萎縮してしまう。

しかしそんな彼女の様子などお構いなしにカトリーヌは校舎の隅に連れ込んだ。

「一体どういうつもり？」

「あの、何のことでしょうか？」

「猫をかぶらないで下さい。ラインハルトのことです」

「ラインハルト様の……？」

　カトリーヌの言いたいことがわからず戸惑っていると彼女は大きく溜息をついた。

「貴方、どうせ財産が目当てなんでしょう？　人の財産を掠《かす》め取ろうなんて、なんて人なの」

「は、え……？」

「ラインハルトは優しくて、まさに貴族の鑑《かがみ》のような人です。ですが、今私はその優しさを歯がゆく思っています。貴方のような人間が付け込む隙《すき》が出来てしまうのですからね」

「…………」

　なんだかよくわからないが、自分はお金目的でラインハルトに近づいていると思われているということはヘレーネにも理解出来た。とんでもない誤解であるが、実家のことも考えればそれは無理もないだろう。誤解を解かねばとヘレーネは口を開いた。

「あ、あの……」

「言っておきますが、私は許しませんよ。貴方のような貴族どころか、人としての誇りもないような人間が、甘い蜜を吸う為に彼を利用するなんて……そんな唾棄《だき》すべき行為、看過《かんか》出来ませんわ」

「ご、誤《ご》解です……私、そんなつもりは」

「貴方、この期に及んでまだそんな言い訳を」

「本当です、信じて下さい」

「いい加減になさい！　私にそんな虚言が通用するとでも思っているのですか!?」

「だ、だから……」

いくら弁解してもカトリーヌは聞く耳を持ってくれない。

どうしたら良いのか途方に暮れるヘレーネだが、なおもカトリーヌの追及は止まらない。

「とにかく、今後一切彼には」

「女の子が二人揃《そろ》ってそんなところで何を話してるんですか？」

突然声をかけられ、驚いた二人が振り向くとそこには一人の男子生徒がいた。赤い髪とオレンジの瞳、華やかな外見をしている彼とは初対面だが、ヘレーネは彼が誰なのか知っている。

「アンリ君……」

「ご無沙汰してますね、カトリーヌさん」

アンリ・ペルネリア。貴族子息の攻略対象の一人だ。

「……何の用ですか？　私達、今大事な話をしているのですが」

「いえね、女性の可憐《かれん》な声が聞こえてきて、それに誘われるがまま来てしまったんですよ。よかったら俺も混ぜて下さいな」

「はぁ……貴方のその軟派な性格、直した方がよろしくてよ」

「ははっ、いやぁこればっかりはどうにも。なにせ世の中には魅力的な女性が多いもので……ところで何を話されてたんですか？」

アンリの質問にカトリーヌはヘレーネを睨みつけて少し距離をとった。

「この子が見ていてあまりに酷いものだから注意していたのです。……それなのにちっとも聞いてくれなくて」

「それでわざわざ後輩の指導を？　流石カトリーヌさんだ。彼女も二年生の中心人物である貴方から指導を受けられて光栄でしょう」

でも、とアンリは付け加える。

「誰もがカトリーヌさんのように優秀ではないんです。少しぐらい大目に見てはどうでしょう？」

笑いかけるアンリの言葉にカトリーヌは少し考えこんで「そうですわね」と呟《つぶや》く。

「これ以上何を言っても無駄なようですから、今日はここまでにします。アンリ君、ご機嫌よう」

「ご機嫌よう、カトリーヌさん」

ヘレーネを睨みつけた時とは違ってにこやかに挨拶をして去って行くカトリーヌをヘレーネはぼんやりと見送った。そしてその背中が見えなくなってようやく緊張がとけ、大きく息を吐いた。

「君、大丈夫かい？」

心配そうに声をかけるアンリにヘレーネは「はい、大丈夫です」と返事をする。

「ありがとうございました。助かりました」

「いいよ、気にしないで。……でも、君なんであの人に目をつけられちゃったの？」

「……私が、ラインハルト様にお金目的で近づいていると思っているようで」

「ああ、なるほどね。確かにあの二人はよく一緒にいるから……さっきも言ったけど、あの人二年の中でも中心的な人だし、実家も力が強いから、素直に従った方がいいよ」

「……それは」

それはつまり、ラインハルトには近づくなということだ。それは出来ないし、したくない。

押し黙るヘレーネに、アンリは「まあ、無理にとは言わないけど」と言う。

「でも、何かあったら先生に言いなよ。君の担任は確かユージーン先生だよね？　あの人ならきっと力になってくれるだろうし」

「はい、ありがとうございます」

「うん、それじゃあね」

アンリが去った後、ヘレーネはどうしようかと頭を抱えた。

（カトリーヌさん、今日はここまでって言ってたわ。……ということは、これからも何か言われるってことよね？　……嫌だなぁ）

カトリーヌにまた責め立てられることを考えると今から胃が痛むようだ。しかし、それでもラインハルトと距離を置くという選択肢《し》はない。

（だって、来年までだから……）

来年、両親が捕まって、自分がここから出て行くまで、それまでは何があってもあの人の傍《そば》を離れたくない。前までは遠くから見ているだけでよかったのに、今はもうそれでは足りない。

「……戻ろう」

第三図書室に行こうと思っていたのだがすっかり気持ちが萎《な》えてしまった。今日はラインハルトと

の約束もないし、寮室に帰ることにする。その途中、男子生徒達が走りこみをしているのを見つけた。

「こらー！　もっと気合入れて走れー!!　武術大会まで時間がないんだぞ!!」

彼らを指導しているらしい教諭の怒号を聞いて、ヘレーネはもうそんな季節なのかと思った。

武術大会とはゲームにもあったイベントである。

学園に所属する生徒なら誰でも出場が可能で、学園外からも多くの人が観戦に来るのだ。

（ラインハルト様も出場なさるのかしら？　もしそうならぜひ応援したいな）

ラインハルトの勇姿を思い浮かべるとヘレーネの沈んだ心は少し浮上する。

その時、突然近くの草陰が揺れた。

「え……!?」

ヘレーネがそちらに目を向けると、そこから現れたのは黒い猫である。猫は金色の瞳でじぃっとヘレーネを見つめた後、しっぽを揺らしながら足下まで来て甘えるように体をすり寄せた。

「か、かわいい……」

しゃがんで手を差し伸べてみても猫は逃げ出すどころか、舌を出して舐《な》めてくる。

「ふふ、人懐《ひとなつ》っこい猫さんなのね」

何か餌をあげられればいいが、生憎《あいにく》と何も持ち合わせていない。

「ごめんね、何もあげられないの」

名残惜しげに手を引っ込め、ヘレーネは「じゃあね」と手を振って猫と別れた。

「……にゃー」

猫は寮の中に消えるまでヘレーネをじっと見つめていた。

◆◆◆

「それで私、彼女に言いましたの。貴方のやっていることは看過出来ないって。そうしたらあの子は、そんなつもりないいだなんて白々しいことを言ったのですよ」

「へえ、そうなのか……」

「ラインハルトもこれで目が覚めたでしょう？　あんな人の忠告を無視するような子と関わるのは時間の無駄です。今後は距離を置いた方がよろしいです」

内心うんざりしながらそれを表には出さず、ラインハルトは「なるほど」と頷いてみせる。

今日は部屋に帰って領地から届いた書類を読もうとしていたのだが、妙に鼻息が荒いカトリーヌに捕まり、こうして話を聞かされるはめになってしまった。それが勉強や学校の話ならまだいいのだが、ただの陰口なのだから始末に負えない。何度か適当に切り上げようとするも、カトリーヌは気づかず喋《しゃべ》り続ける。

（……鬱陶しいな）

彼女のお喋りに付き合わされることなど初めてではないラインハルトだが、流石に苛立《いらだ》ちを覚えてきた。そもそもラインハルトにはカトリーヌに交友関係に口出しされるいわれはないのだ。同級生であり、クラスの中心的存在として他の者より一緒にいる時間は長いがそれだけで、ラインハルトからみれば、どうでもいいうちの一人に過ぎない。だがカトリーヌの方は違うようで、度々こうして過干渉してくることがある。それでも距離を取らなかったのは、卒業までは同じ学舎で過ごすことになるのだから余計なトラブルは起こしたくなかったからだ。

「カトリーヌ、君の気持ちは嬉しい。けれど、それは出来ないな」

「そんな、どうしてっ」

「実は、今度やろうとしている事業でボルジアン家にも協力してもらう必要が出てきてな。ほら、うちの領地とあそこは近いだろう？　それで話を通しやすいようにあの子を味方につけておこうと」

勿論嘘だ。しかしカトリーヌにはそんなこと判別出来ないだろう。

「まあ、そうでしたの……」

「ああ。領主として好き嫌いだけで人付き合いを選べないんだ」

「なるほど、そういうことでしたのね」

「そうなんだ、本当に大変でな」

納得した様子を見せるカトリーヌにラインハルトは内心溜息をつく。

「それは仕方がありませんね。それにしても、ラインハルトが騙《だま》されていなくてよかったですわ」

「おいおい、俺はそんなに頼りなく見えるか？」

「いいえ、そうではないのですけれど、貴方は優しすぎるところがありますから心配で」

「……優しい」

「ええ、だって貴方は全く怒りませんし、誰にでも平等で差別なんてしませんから」

確かにラインハルトはそういう感情を表に出すことはほとんどない。だがそれは、出さないというだけで感じていないわけではないのだ。そして平等に見えるのも、わざわざ区別するほど他人に興味関心がないだけであって、決して優しいわけではない。

「あなたは本当に素晴らしい人ですわ。皆貴方のような人ならいいのですけど」

「買いかぶりすぎだな」

しかしそんなことにも気づかず優しいと褒め称《たた》えるカトリーヌをラインハルトは冷めた気持ちで見下ろす。勿論、自分の気持ちを悟られぬよう表面上はあくまで友好的な笑みを浮かべながら。

「ところで、そろそろ行ってもいいか？　仕事があってな」

「あら、そうでしたの。引き止めてしまってごめんなさいね。それではまた明日」

「ああ、また明日」

カトリーヌと別れ、ラインハルトは大きく息を吐いた。

彼女は貴族の中でも格式高いクレイトン家の末娘だ。彼女自身、その家名に恥じぬよう周囲の者をまとめて先導しようとする点に関しては、立派な貴族と言えるだろう。しかし反面、独善的で視野が狭く、押し付けがましいのだ。彼女は周りのすること成すことにいろいろ首を突っ込んでは口出ししてくる。本人に悪気はなく、それに救われて感謝する人もいるだろう。しかし、ラインハルトにとっては迷惑以外の何物でもなかった。

以前から鬱陶しいと思うことは何度かあったが、最近その頻度《ひんど》が高くなっている。

恐らく、比較対象が出来たからだろう。ヘレーネは貴族でも疎《うと》まれるボルジアン家の一人娘で、彼女自身も決して賢くもなければ聡《さと》いわけでもない。むしろ、根暗で卑屈で鈍《どん》くさくて気の回らない娘だ。だが、彼女は自分のそういうところを自覚していた。祭りの日に、あんなことを聞いてきたのは自分が人から好かれないタイプだとわかっていたからだろう。

あの時、適当に誤魔化《ごまか》さず本当のことを伝えたのは、その方が利用しやすいと判断したからなのと、秘密の共有を行うことで相手からの親密度を上げる為だ。

しかし彼女に対する僅かながらの好意も含まれていた。一般的に評価され、多くの人から好かれるのはカトリーヌの方だろう。ただ、ラインハルトにとってはヘレーネの方が合っていたのだ。

大人しくてやかましいお喋りはしないし、あまりこちらに踏み込んでこない。たまに距離感を間違えることがあるが、十分許容範囲だ。自分が教えることを真面目に学ぼうとする姿勢は素直に好ましかったし、同じ読書家として語らうのも楽しかった。正直言って、利用する為に近づいたヘレーネにここまで親しみを覚えるとはラインハルトも思っていなかった。

だが、だからといってやることは変わらない。元々、彼女はそれなりの扱いをするつもりだったし、そこに彼女に対する好意が含まれていないかいるかの違いだけだ。だから、大した問題ではない。

（……そういえば、来月には彼女の誕生日があるな）

以前、話の流れで本人から聞いたことがある。自分は彼女から受け取ったのだから、ここは渡しておくべきだろう。何を渡すべきか。あまり高価な物は負担になるだろうし、いらない物を貰っても邪魔になるだけだ。

（やはり、本人から直接聞こう）

そっちの方がお互いに助かる。そう判断したラインハルトが窓に目を向けると一匹の黒猫が歩いて行く姿が見えた。

3章　黒猫のシャイン

ヘレーネはその日、晴れやかな気持ちで目を覚ました。昨夜はなかなか寝付けなかったのに不思議と眠気はない。その理由はとても簡単で、今日は彼女の十六歳の誕生日なのだ。去年までだったらこの日が来ても何も思わなかった。誕生日が来たことにすら気づかなかったかもしれない。

だけど今年だけは違う。実はラインハルトからプレゼントを貰《もら》う約束をしているのだ。

その為《ため》にヘレーネは幾日も前からこの日を指折り数えて待っていた。

(早く放課後にならないかしら)

まだ目覚めたばかりだというのにもうそんなことを考えながらヘレーネはベッドから出た。

浮き浮きと胸躍《おど》らせるヘレーネだが、授業は真面目《まじめ》に受けなければいけない。幸い、教室につくまでには気持ちを整え、内心そわそわしながらも平静を装うことが出来るようになっていた。

「それでは今日は使い魔について教えます」

そういうユージーンの腕には白いフクロウが乗っていた。フクロウはお行儀よく教卓に飛び降りると理知的な目で生徒達を見つめる。

「属性を問わず、契約さえ結べば使い魔を持つことが出来ますが、契約は相手の力が強ければ強いほど難しくなります」

教科書を見れば、魔術師が主に使い魔とするのは小動物だが、大型動物や魔物も出来るらしい。契約した使い魔には定期的に魔力を送らねばならず、魔力を送られ続けた使い魔は知力や身体能力が向上する。といってもこれは魔術師の力量にも左右され、一概には言えないようだ。使い魔の仕事は主人である魔術師の護衛や貴重品の警備、五感を繋《つな》げることによる情報収集、私生活の手伝いや魔術の補助などがあるが、ペットとして可愛がる人もいる。

「魔術師と使い魔は主従関係にありますが、使い魔は決して道具ではありません。彼らにも意思と感情があり、これを蔑《ないがし》ろにすれば使い魔は魔術師に牙をむくでしょう」

実際、虐《しいた》げていた使い魔から反撃され、死亡した魔術師もいるらしい。

しかし、ちゃんとした信頼関係を築けば使い魔は頼れる存在なのだ。

ヘレーネの頭の中で可愛らしい小動物が一生懸命に自分の手伝いをしてくれたり、帰って来たらちょこんと座って出迎えてくれたりしているところが浮かび、微笑《ほほえ》ましい気持ちになった。自分でも持てるのか気になったが、どうやら上級程度の魔術師でないと契約が出来ないらしく肩を落とす。

（『あの子』を使い魔に出来たら、もっと仲良くなれると思ったのにな……）

そう残念に思いつつも、気持ちを切り替えてノートをとることに集中した。

授業が終わり、はやる気持ちを抑えながら第三図書室に向かうと、先に来ていたラインハルトがへレーネに笑いかける。

「ああ、来たか」

「お待たせして申し訳ありません、ラインハルト様」

「いや、俺もさっき来たところだ」

ラインハルトは手に持っていた花束をヘレーネに差し出す。

「誕生日おめでとう、ヘレーネ」

「ありがとうございます」

誕生日おめでとう。その言葉を今世で言われるのはどれくらいぶりか、ヘレーネには思い出せない。

受け取った花束は小さめだが、淡い色の花々は可愛らしく彼女の心を掴《つか》んだ。次いでラインハルトが取り出したのは綺麗《きれい》な包装紙とリボンに包まれたプレゼントである。

「俺はそのジャンルに疎《うと》いから、人気のあるものを選んで来たが気に入らなかったら言ってくれ。すぐ新しいものを用意しよう」

「ふふふ、大丈夫です。大切に読みます」

ラインハルトのプレゼントは恋愛小説だ。前にラインハルトから聞かれた時それがいいと答えたのである。厚さや重みからみて数冊はあるのだろう。今から読むのが楽しみだ。

「しかし、本当に食事に行かなくてよかったのか？　ケーキもないし」

「はい、もう十分です」

本当はラインハルトに誕生日祝いとして外食に誘われたのだが、それは断った。

ラインハルトが傍にいて、プレゼントまで貰ったのだ。それだけで十分である。

そんなヘレーネを見てラインハルトは何か言いかけるが、出かかった言葉を飲み込んで、代わりに「そうか、それならいい」とだけ言った。


ヘレーネは寮室に戻っても上機嫌なままで、なるべく破かないように気をつけながら包装紙を解いていく。そうして現れたのは五冊の本。どれも厚くて読み応えがありそうだ。

「……わぁ」

そのうちの一つをめくってみると繊細なタッチで描かれた美しい挿絵に目を奪われ、ヘレーネは感嘆の声をあげた。これはしばらく夜更かしをする日々が続きそうだと思いながらどれから読もうかと悩んでいると、窓の外から「にゃぁ」と鳴き声が聞こえた。

ヘレーネが席を立って窓を開けるとそこには一匹の黒猫がちょこんと座っている。

「今日も来てくれたのね。どうぞ、入って」

ヘレーネが促《うなが》すと猫はぴょんっと窓辺に飛び乗って室内に入って来た。この猫は初めて見かけて以来、何度も会っているうちにすっかり懐《なつ》かれ、夜毎こうして部屋に訪れるまでになったのだ。いや、もしかしたら、ここに来ればご飯が貰えると学習しただけかもしれない。こっそりと買っておいたキャットフードを、すっかり猫のご飯入れになったお皿に盛ると猫は金色の瞳を輝かせて食べ始める。

「美味《おい》しい？」

ヘレーネが問いかけてみるも猫は餌に夢中で無視する。それに気を悪くすることもなくヘレーネは少し離れた場所から眺めた。やがて餌を食べ終えると満足したように猫は体を伸ばし、ヘレーネの膝に乗って寛《くつろ》ぐ。ヘレーネがその頭をそっと撫《な》でるとゴロゴロと喉を鳴らした。餌をくれた礼だろうか、満腹になった後はこうしてヘレーネに体を預けてくれるのだ。

それだけではない。この猫はとても行儀がよくて、決して壁を引っ掻《か》いたり粗相をしたりしない。おかげでペットが禁止されているこの寮でも安心して招き入れることが出来る。

「ふふ、本当に可愛い子ね」

この子を使い魔に出来ないことが残念で仕方がない。

(でも、使い魔じゃなくても一緒にいることは出来るしね……)

落胆する気持ちを自分で慰めていると、あることを思い出しヘレーネは黒猫に囁《ささや》くように言った。

「あのね、実は貴方《あなた》の名前を考えたのよ。沢山《たくさん》悩んだけれど、その代わりとても良い名前を思いついたの」

ヘレーネの声に反応して、猫が彼女を見る。

「シャイン……貴方の名前はシャインよ」

黒い毛並みに金色の瞳がまるで夜空に輝く月のように見えるのでこの名前にした。本当は、この色合いに別の名前が真っ先に浮かんだのだが、その名前はつけられない。

(……『ラインハルト』、なんて流石《さすが》に呼べないわ……知られたら困るし、恥ずかしいもの)

ヘレーネは黒猫、もといシャインにちゅっと口づけを落とす。

「これからもよろしくね、シャイン」

ヘレーネの言葉をまるで理解したかのようにシャインは「にゃ」と鳴いた。

■■■

「……もう、大丈夫かな？」

厚い本を開いて、ティッシュに乗せられた花弁が乾燥しているのを確認すると、ヘレーネはそっと優しく剥《は》がしていく。ラインハルトから贈られた本と花束をヘレーネはとても大切にした。しかし、本はともかくとして、花はどうしたって次第に枯れてしまう。けれどヘレーネはどうしてもこの花達を残したくて、考えた末押し花にすることにしたのだ。やり方を調べてさっそく実践してみたはいいものの、未経験者で手先も器用とは言えない彼女にはなかなか難しく、今回で四回目の挑戦である。

（よかったぁ、うまくいった……）

小瓶《こびん》にしまわれた数枚の花弁をヘレーネは安堵《あんど》の表情で見つめた。これ以上失敗を繰り返したら、花が枯れるより先に自分が花を駄目にしてしまうと危惧していたので、成功して本当によかった。今度はこれを栞《しおり》にするのだが、今日はもう集中力が切れたので日に当たらぬよう机の中にしまい込む。

窓を見れば、日はまだ高かった。

「どうしようかな……」

このまま夜まで過ごしてもいいのだがなんとなくもったいない。どうしようと考えていると、シャインのキャットフードが少なくなっていることを思い出して、買ってこようと思い立った。

ヘレーネはここ最近、ラインハルトと会っていない。理由は近々行われる武術大会である。

剣を持ったことは勿論《もちろん》、人に魔術を放ったこともないヘレーネは出場しないが、ラインハルトは別だ。彼は一年の時からこの武術大会に出場している。トレーニングに精を出しているラインハルトの邪魔をしないように会いに行かないようにしているのだが、彼と会えない日々が続いていることには寂しさを感じずにはいられない。そんな自分の気持ちに蓋《ふた》をして、彼女は街に出かける準備をした。


キャットフード自体はすぐに購入出来たのだが、すぐ帰るのは味気ない。そう思って暇つぶしがてら書店や雑貨屋などを冷やかしながら適当に散策していると、教会が目に入った。近づいて行くとその荘厳で美しい姿に圧倒される。こちらに来るのは初めてなので、教会があること自体知らなかった。

しかし、それが何の教会なのかはわかる。セーラティア教だ。名前にある通り、光の神・セーラティアを崇《あが》めている。ジードガルマを倒したセーラティアは人々を先導し平和を築いた後、自分の役目は終わったとして眠りについた。そして、長年彼女に従者として尽くし、眠りについた時に後のことを任されたのがセーラティア教の創立者と言われている。

中を覗《のぞ》いてみると祈りを捧《ささ》げている人達が沢山いた。

「どうかなさいましたか？」

突然声をかけられ驚いて振り向くとそこには男が一人立っていた。中肉中背、焦げ茶色の髪と瞳をしていて穏やかで人のよさがにじみ出たような青年である。服装からみて教会の人間だろう。

「あ、えっと、その……」

「もしかしてお祈りにいらっしゃったのですか？　どうぞ、お入り下さい」

「は、はい……」

男の笑顔に覗いていただけだとは言いがたく、ヘレーネは勧められるまま教会の中に入った。

「申し遅れました。私は最近この教会に赴任して来ました、司祭のマーロンといいます。よろしくお願いしますね」

「あ、ヘレーネです。よろしくお願いします」

教会の中ではセーラティアを模した女神像が人々を見守っている。静かだが厳《おごそ》かな空気に包まれている教会内でヘレーネの背筋は自然と伸びた。

「どうぞ好きな場所にお座り下さい。祈ることに何か特別なことをする必要はありません。心の中で神を思い、自分の言葉を捧げればよいのです。どんな言葉であれ、神はきっとお喜びになるでしょう」

「はい、ありがとうございます」

中にいた人々はマーロンの存在に気づくと、笑顔で挨拶《あいさつ》をする。彼も、その一つ一つに丁寧な姿勢で応えていった。多くの人から慕われるその姿に彼にどれだけ人望があるか見て取れる。

ヘレーネは彼らから少し離れた場所に座ると手を合わせて目を閉じた。祈ることは一つだけ。

(どうか、どうかラインハルト様がいつまでも健やかに、長く生きて下さいますように……)

祈り終えて目を開けるとセーラティア像の微笑みが先ほどより深いような気がして、なんだか応援されたような気持ちになった。

教会には初めて入ったが、不思議と居心地の良い場所だった。

(機会があったらまた行ってみたいな)

キャットフードを隠し持って学園に戻ったヘレーネだったが、その足は寮には向かわず、演習場に進んだ。ラインハルトがいるかもしれないと思ったからである。

(一目だけ……少し遠くから見るだけ……)

自分に心の中でそう言い訳するヘレーネだったが、演習場は予想に反し人だかりが出来ていた。

「練習試合?」

「ラインハルトとヴェイグだってさ」

「へえ、そりゃすごい組み合わせだな」

そんな会話が聞こえ、ヘレーネは期待に胸を膨らませる。人の隙間《すきま》から奥を覗いてみるとラインハルトの姿とそれに相対するように立っている青年がいた。二人共木剣を手に睨《にら》み合っている。

先に動いたのは青年の方だった。彼は果敢《かかん》に斬りかかるも、それをラインハルトが避《よ》けるか木剣で受け止めるなどしてさばいていく為、一向に当たる気配がない。

やがてスタミナを消耗したのか、青年が動きを止めるとすかさずラインハルトが打ち込んだ。

「あ……」

それはヘレーネの言葉だったかもしれないし、観客の誰かだったのかもしれない。

次の瞬間には勝負がついていた。青年が持っていたはずの木剣はその手を離れて宙を舞い、床に落ちていった。青年の方も何が起こったのかよくわからないような顔で尻もちをついている。

「勝負あったな」

沈黙が走る中、口火を切ったのはラインハルトだった。

「いい修練だった。また頼んでもいいか？」

「ああ、勿論だとも。こちらこそお願いしたい」

握手を交わす二人に観客は拍手を送る。ヘレーネも最後列で手を叩《たた》いていたが、不意にラインハルトがこちらの方を向いて手を振る。

「えっ」

もしかして自分に気づいたのかと一瞬思ったが、自分の前方にいた数人が彼に駆け寄ったのを見て思い違いに気づく。どこかで見覚えのある彼らは確か、ラインハルトの同級生だったはず。つまりラインハルトは彼らに手を振ったのだ。

（うわぁ、勘違いしちゃった。恥ずかしい……）

別に誰かに知られたわけでもないがいたたまれない気持ちになり、ヘレーネはその場を後にする。

それにしてもラインハルトが剣を振るうところを初めて見たけれど、予想以上に格好良かった。

きっと武術大会ではもっと格好いいところが沢山見られるのだろう。

これは何が何でも見に行かなくてはと彼女は心に決めた。

■■■

そして本番当日。彼女は多くの生徒達と一緒に闘技場へ足を運んだ。

（いよいよ始まるのね……）

客席は空席が見当たらないほど埋め尽くされ、周囲の熱気にヘレーネも興奮を隠せない。

セントラル学園には幾つもの施設が併設されている。闘技場もその一つである。

ここで行われる一大イベントが武術大会だ。トーナメント制で、参加資格は在学している者なら誰でも可能。優勝者には学園より金一封が出るのだが、多くの出場者が目的としているのは、来賓として観戦に来る各界のスカウトに自分を売り込むこと。彼らにとっては自分の将来がかかったとても重要な催しになる。正直、ラインハルト以外には興味がなかったヘレーネだったが、すっかり試合に夢中になっていて、今も同学年の生徒を打ち破った三年生の男子に沢山の拍手を送った。

そして次の試合を行う生徒が入場して来たのだが、その片方を見た途端、彼女の目は釘付《くぎづ》けになる。

「一年、シリウス・キーツ！」

進行役の言った言葉にやはりと確信する。藍色の髪と瞳、そして剣を構えるその姿。間違いなく彼は攻略対象最後の一人にして、ヘレーネにとって最大の難関になるであろう人物である。

他の攻略対象はこの学園で初めてヒロインと会うのに対し、彼のみ幼少時に彼女と会ったことがあるのだ。幸い、出会った当初は互いにそのことに気づかず、イベントを進めないと発覚しないのだが、用心するに越したことはない相手である。ヘレーネがそんなことを考えていると、試合が始まった。

相手は二年生だが、それにシリウスは一歩も引くことなく応戦し、危なげなく勝利した。ゲームの設定通り、彼は随分と剣の腕が立つらしい。

（確か冒険者になるのが夢だって言ってたな……あ、違う。騎士だったたっけ……？）

シリウスのことをよく思い出そうとするも、すでに思い出している分以上のものは出てこない。

こんなことならもっとゲームをやりこめばよかった、ともう何度目になるかもわからない後悔を感じていると突然、周囲が騒がしくなる。つられるように試合場へ目を向けるとそこには防具を身につけ、木剣を携えるラインハルトが立っていた。どうやら次は彼の試合らしい。思わず姿勢を正して食い入るように見つめる。

試合が開始されると、対戦相手は様子を窺《うかが》うようにラインハルトと距離をとってから魔術を放った。隆起した土がラインハルトに襲い掛かるが、彼はそれを簡単に避けてみせた。しかし、その直後に地面が崩れ体勢が崩れてしまう。そこへすかさず相手が斬り込む。先の魔術はフェイクで最初からこれを狙ったのだろう。しかしラインハルトも相手の一撃を防ぐと、すぐに体勢を直して反撃に出た。

それからも対戦相手は魔術と剣の合わせ技で挑んでくるがラインハルトはそれを剣だけで相手取る。いつまでも攻撃が当たらないことに焦ったのか、相手が剣を大きく振りかぶった。ラインハルトはその隙を見逃さず、剣を相手の体に叩き込み、さらにもう一撃加え、相手を沈ませた。

湧き上がる歓声の中、ヘレーネは夢中で拍手を送った。

「キャー！　ラインハルト様ー‼」

「素敵ー！」

「すごいな！」

「ああ、さすが前回優勝者だ！」

喝采《かっさい》の中から聞こえた言葉に驚いて周りを見渡せば、他の生徒達も同じようなことを話している。ラインハルトが去年の優勝者とは知らなかった。彼は自分からそんなことを言う人間ではないし、そんなことを教えてくれる人もいないので当たり前といえば当たり前かもしれない。

出来ればその勇姿も見てみたかった。さぞ格好よかったに違いない。今だってしびれるほど格好よかったのだから。

その後も試合は進んでいき、ラインハルトとシリウスは順調に勝ち進んだのだが、準決勝で二人は対戦することになった。向かい合う二人をヘレーネは固唾《かたず》を飲んで見守る。

試合の合図と共にシリウスがラインハルトに斬りかかる。それは難なく防がれるがシリウスは次々と攻撃を繰り出す。ラインハルトもそれを防ぎ攻撃に転じるもシリウスもそれを受け流して剣を振るう。二人とも魔術は使わず剣のみで戦っているが今までのどの試合よりも白熱した。激しい攻防を制したのはラインハルトであった。彼の剣がシリウスの体を捉え、場外に吹き飛ばしたのだ。

シリウスはかろうじて意識はあるようだが、立つことすらままならないようで担架で運ばれて行く。

そして決勝戦。相手は三年生の手練《てだ》れだったが、ラインハルトが勝ち彼の優勝が決まった。

優勝トロフィーを受け取ったラインハルトに客席中から割れんばかりの拍手が起こり、ヘレーネも涙をにじませながら彼を祝福した。

「優勝、おめでとうございます」

ヘレーネがラインハルトにそれを伝えたのは武術大会が終わって三日後のことだった。本当はもっと早く、出来れば大会が終わってすぐにでも言いたかったのだが、彼は多くの人に囲まれていた為に出来ず、今日ようやく伝えることが出来たのだ。

「ああ、ありがとう」

もう何十回と言われているからか、ラインハルトの態度はさっぱりしたものだ。しかしヘレーネは言葉を続けずにはいられない。

「あと、聞いたのですがラインハルト様は去年も優勝されたんですよね。このままなら三連覇も狙えるってみんな言っています」

「ふふ、そうだな。俺も出来れば目指すつもりだが、そうやすやすといかないだろうな。俺から優勝をかっさらおうとする者は大勢いるから」

口ではそう言いながらも、ラインハルトには余裕が感じられた。

誰にも負けない自信があるのか、それとも三連覇や優勝にあまり興味がないのか。ヘレーネにはその両方のような気がした。ラインハルトは大会で魔術を全く使わなかった。これで魔術が苦手だというのなら何ら不思議でもないのだが、カルヴァルスの若き当主が勉学や武術だけではなく魔術でも学年トップクラスであることはヘレーネ以外にも沢山の人が知っている。

もし彼が魔術も使って戦えばどれほど強くなるのか想像も出来ない。少なくとも、この学園で太刀《たち》打ち出来る者はいないだろう。誰もがそれを理解している。だからこそ誰もが彼を称賛する。しかし、彼はそのことをあまり意に介していないように見える。例えるなら、なんとなく手に取った駄菓子に当たりクジが入っていた。その程度の価値しか見いだせないかのように。

（ラインハルト様って、何がお好きなのかしら）

本が好きなのは知っている。けれど、それも熱中や没頭という言葉とは程遠かった。

彼が何かに執着したりのめり込んだり、我を忘れてしまったりするような姿が想像出来ない。

もしかしたら、初めてそういう存在になるのがヒロインなのかもしれない。

そう思うと、彼女の心に影が落ちる。ヘレーネはそんな気持ちを誤魔化すように口を開いた。

「ところで、彼、シリウスっていう人はどうでしたか？　一番手強《てごわ》そうでしたけれど」

「ん、ああ彼か。そうだな、あの時戦った中では一番強かったと思うぞ。来年にはもっと強くなっているだろうな」

そういうラインハルトの表情は楽しげだが好戦的だ。ヘレーネにはよくわからないが、きっと戦い甲斐《がい》のある相手が出来て嬉《うれ》しいのだろう。

「それは楽しみですね」

「ああ、本当にな」

ラインハルトが嬉しそうにしているとヘレーネも嬉しくなってしまう。出来ればヒロインと結ばれる時もこういう気持ちでありたいものだ。

「そういえば、君は以前練習を見に来ていたな」

「え？」

「大会前、一度だけ俺の練習を見に来たことがあっただろう？」

その言葉で自分に手を振られたと勘違いした時だと気づく。出来ればあの時のことは恥ずかしくてたまらないから思い出したくなかった。

「き、気づいていらっしゃったんですか？」

「ああ、というか手を振っただろう」

「ええ！　あれって、同級生の方達に振っていたのでは？」

「いや？　確かにあの場には同級生もいたが、あれは君に送ったものだぞ。なのに無視されてしまって、柄にもなく落ち込んだぞ」

「そ、そうだったのですか!?　ご、ごめんなさい！」

「はは、いや気にしなくていい」

慌《あわ》てて謝るヘレーネにラインハルトは「それにしても」と続ける。

「一度しか来なかったのは意外だったな。てっきり一人が寂しくて連日押しかけてくるかと思っていたのに」

「ちょっと、待って下さい！　私そんな、小さな子供じゃありませんっ」

顔を赤くするヘレーネにラインハルトはおかしそうに笑うのだった。

■■■

武術大会が終われば、次にやってくる学園の行事は冬休みである。

涼しく過ごしやすい時期が終わり、吐息が白く曇るようになった頃、校舎から生徒達の姿は消えた。

しかしヘレーネは夏休み同様、寮に残り生活している。

今も寮室で一人、読書に勤《いそ》しんでいるのだが、そんな彼女に近づく小さな影が一つ。

「にゃあ」

「きゃっ」

ヘレーネは大きく体を震わせ、手に持っていた本を落としてしまう。

「しゃ、シャイン、驚かせないで……」

本を拾いつつ、いつの間にか傍《そば》まで来ていたシャインに注意するも、シャインは素知らぬ顔でまた媚びるように「にゃあ」と鳴いた。

「……まだご飯の時間じゃないからあげませんよ」

そう言うとシャインはあっさり身をひるがえし、ヘレーネが用意した毛糸の玉で遊び始めた。

その様子を見て、現金なんだからとヘレーネは溜息《ためいき》をつく。読書の続きでもと思ったが、なんとなく気がそがれてしまったので、埃《ほこり》を適当に払って机の上に置いた。

冬休みが始まってからこうして日がな一日部屋で読書をするのがヘレーネの日課になっていた。

学園に残った生徒は夏休みの時よりも少ない。冬休みの終盤には特別な祭典がある。その日は通常、家族や親しい者と過ごすものとされており、特に貴族は親族や友人を集めてパーティーを催して過ごすのが普通だ。だから、学園に残っている貴族はヘレーネだけだろう。

勿論ヘレーネには帰るなんて選択肢、最初から存在さえしていない。叶《かな》うならこのまま一生親とは顔を合わせずにいたいものだが、それは無理だろう。

夏休みと冬休みは学園に残れるが、春休みだけはそれが許されないのだ。お金さえあれば王都にある宿に泊まることも出来るがヘレーネはそんな大金を持っていない。

(でも……春休みさえ終わってしまえば)

春休み。それが過ぎれば、もうきっと一緒に過ごすことはない。

「……さっさと来て終わって欲しいような、ずっと来ないで欲しいような、複雑……」

親のことを考えるとどうしても気持ちが暗くなってしまう。

だけれど最近はそういう時はシャインに癒して貰うことにしている。

「シャイン、ほーらおいでー」

猫じゃらしを取り出してシャインの前でフリフリと振るとシャインの目はそれに釘付けになる。

誘い込むようにゆっくり振ると毛玉そっちのけでとびかかって来た。右へ左へちょこまかと動き回る猫じゃらしを追いかけるその眼差《まなざ》しは獲物を仕留めんとする狩人のそれである。

「ほーら、ほーら……あ、いたっ」

悪戯《いたずら》心でシャインが届かないぐらい高くにあげたら、こともあろうかシャインはヘレーネをジャンプ台にして猫パンチを繰り出したのだ。蹴られた箇所が地味に痛い。シャインは痛みに呻《うめ》くヘレーネを見つめているがこれは心配しているのではない。続きを催促しているのだ。

あれ、一応自分の方が立場は上のはずなのに、と疑問を覚えつつも猫じゃらしを動かした。

それから少しでも手を緩めると不満そうな声を出して強制的に続けさせたシャインだったが、次第に飽きてきたのか大きくあくびをしたと思ったら、体を丸めて眠ってしまった。

「……はぁ」

やっと解放されたヘレーネは大きく息を吐く。何故だろう。癒されようとしたはずなのに疲れた。けれど、おかげですっかり暗い気持ちは消し飛んでいる。

「……ラインハルト様はお元気かしら？」

一息ついてふと頭に浮かんだのは想い人のことだった。夏休みには何通も手紙が届いたが、冬休みは忙しくて出せないとあらかじめ言われている。忙しいのなら手紙を読むのも手間なのではと思ってこちらからも送っていない。正直言って寂しいし、せめて手紙一つ出したい。けれども、今まで出してないのに今更出すのはおかしくないか、ラインハルトに返事を促すことになるのではないか。そう考えるとどうしても筆を執ることが出来なかった。

「そうだ……カード、カードなら」

冬にある特別な祭日。親しい人が近場にいるなら一緒に祝うが、遠くにいる場合はカードを贈る風習がある。それなら送りつけても不自然ではないし、内容も一言二言で済むから負担にならない。

善は急げとヘレーネは出かける準備をして、ドアノブに手をかける。

「それじゃあ行ってくるね、シャイン」

声をかけるヘレーネをシャインは尻尾を振って見送った。

街に出ると時期が時期なので沢山の種類のカードが売られているが、何せ種類が多い。

（あ、これ可愛い……けど、子供っぽいよね。これは綺麗だけど、女性向けって感じがするし……男の人ってどういうのが好きなのかしら……）

そうして悩みに悩みぬいた結果、ヘレーネが選んだのは三日月と黒猫が描かれているカードだった。

さっそく寮室に戻ったヘレーネはメッセージを書こうとする。

すると床で寝ていたはずのシャインが机に飛び乗ってきたではないか。

ヘレーネが買ってきたカードを興味深げに見つめ、顔を近づけて来たので慌てて離す。

「だ、駄目よ。これは大事な物なんだから、大人しくしてて」

破かれでもしたらたまらないと、机から降ろすがまたすぐに上がってきてしまう。先ほどまでヘレーネが何をしても興味なさげだったのに。

「駄目ったら」

また降ろして筆記用具を用意している間にまたシャインが登ってきたので降ろして、文面を考えているとまた来たので降ろして、とヘレーネに意地悪するように何度も何度も繰り返す。

ヘレーネが執拗な妨害に屈せずなんとかカードを書き終える頃には腕がくたびれてしまった。

「シャーイーン……」

恨めしげに睨みつけられるもどこ吹く風でシャインは空になった餌皿を持ってくる。

まるで遊んでやったんだから餌を寄越せと言っているようだ。とんでもない王様っぷりである。

「……シャイン、初めて会った頃の可愛げのある貴方はどこにいったの……？」

少なくともあの頃はここまでふてぶてしくて我儘《わがまま》ではなかったはず。どうやらとんでもない猫かぶりに騙《だま》されてしまったらしい。しょうがないなとヘレーネが餌を用意すると、シャインが嬉しそうに喉を鳴らしてヘレーネにすり寄って来た。

「……もう、調子がいいんだから」

シャインに振り回されながら、こんな風に甘えられただけで許してしまうのだからヘレーネもたいがい絆《ほだ》されやすい少女である。

■■■

「さむい……」

ヘレーネは目を覚ましてもなかなか起きられずにいた。しかしいつまでもベッドの中にいることは出来ず、意を決して起き上がるもあまりの寒さに体が震える。

カーテンを少し開けて覗けばそこに広がるのは銀世界。

「うわぁ、積もってる……」

昨晩から降っていたがここまで積もるとは思わなかった。

雪ではしゃぐ年齢などとっくに超えているヘレーネは溜息をついて着替えを始める。

今日は神輝祭《しんきさい》。光の女神・セーラティアが闇の神・ジードガルマに打ち勝った日とされている祝日で、誰もが家族と、あるいは友人と共に祝うのだ。生憎《あいにく》、ヘレーネにはそういう相手がいないが。

食堂に向かう途中、偶然ユージーンと出くわした。

「あ、おはようございます、先生」

「ああ、おはようございます。丁度よかった。君に手紙が届いていましたよ」

そう言って渡された手紙にラインハルトの名前を見つけ、ヘレーネは目を疑う。

「あ、ありがとうございますっ」

「ふふ、どういたしまして……ところで君は夏休みも学校に残っていましたが、何か帰れない理由でもあるのですか？」

「え？　い、いえ。別に何も……」

ユージーンからされたそんな質問に、ヘレーネは首を横に振った。

今までもたびたびユージーンから家のことを聞かれることがあったが、毎回適当に誤魔化してばかりでいる。気にかけて貰うのは嬉しいが、ラインハルトのしようとしていることを考えると正直に話していいのかわからないのだ。

「……わかりました。それでは、これで失礼しますが、何かあったら相談して下さい」

「あ、ありがとうございます」

去って行くユージーンを見送りながら、ヘレーネは手元にある手紙に目を落とす。

「……何が書いてあるのかしら」

今すぐここで封を切りたい衝動に駆られるが、自室で落ち着いて読むべきだろうと考えを改め、懐《ふところ》にしまい込むと食堂に急いだ。

食事を終え、自室に戻って来たヘレーネが手紙の封を丁寧に切ると、中に入っていたのはカードだった。まさか自分が贈られる側になるとは。ヘレーネの胸に驚きと喜びが溢《あふ》れる。カードには綺麗な花と可愛らしい天使が描かれていて、その下には手書きで『君にセーラティア様の祝福がありますように』と書かれていた。

これは神輝祭における常套句《じょうとうく》である。ちなみにヘレーネの方からラインハルトへのカードには『あなたの未来が幸福で満たされますように』と書いた。

（ふふ、嬉しい……）

生まれて初めて贈られたカード。それもラインハルトから。他に貰える当てもなく、ラインハルトからも来年貰えるかわからない。もしかしたら、これが最初で最後の一枚かもしれない。

「大事にしなきゃ。ね、シャイン」

ベッドで丸まって動かない愛猫にそう告げて、カードを机にしまいこんだ。

そのまま部屋で過ごしてもよかったのだが、ヘレーネはコートを羽織って街に出ることにした。寒いしお金もないが、こんな特別な日に一日引きこもっているのはもったいなく思えたのだ。今日という日を祝うように街中があちこち飾り付けられている。夏の時とは違い、お祭り騒ぎというわけではないが、祝賀ムードは変わらず街行く人々には笑顔が絶えなかった。

出店を冷やかしつつ歩いていると、ふと教会のことが頭に浮かんだ。

今日はセーラティア教にとっても特別な日。教会でも何かやっているのだろうかと向かってみると、以前よりも多くの人が集まっており、聖歌隊が歌っていた。

その美しい讃美歌《さんびか》に引き寄せられるまま教会内に入る。賑《にぎ》やかな街から隔絶されたように中は落ち着いた雰囲気で、以前訪れた時よりも神聖な気持ちになった。後方に座り、讃美歌に耳を傾けていると前に座っている老婆がしわくちゃな手を合わせているのが見える。

「セーラティア様、孫の病気がすっかりよくなりました。ありがとうございます」

その声は小さく震え、こっそり窺うと目じりには涙がたまっていた。

光の神であるセーラティアは医学や医療を司《つかさど》る神の側面も持つ。それは、魔術の各属性において唯一光属性のみが治癒魔術を使えるからだ。かつてその治癒魔術が使える光属性の魔術師達はその多くが自分達を手厚く庇護《ひご》してくれるセーラティア教に入り、自らの治癒術で人々を救ってきた。

そのおかげでセーラティア教は多くの人々に慕われ、勢力を伸ばしてきたのだ。

だが、多くの人々を救ってきたセーラティア教にも負の部分というのは存在する。

セーラティアを崇める彼らは彼女の敵であり兄でもあるジードガルマを邪神としている。そして、その彼と同じように闇属性の魔術師を悪《あ》しき存在として虐げてきたのだ。

適性属性が闇であるというだけで家族から縁を切られ、職にありつけない、そんなものは可愛いもので、ひどい時代には冤罪《えんざい》にかけたり、拷問にかけたり、殺されることもあったという。今でこそういった差別は禁止されているものの、一部では色濃く残っているのも現状だ。それ故に闇属性の魔術師は未《いま》だに表舞台から身を隠そうとする傾向がある。

(ラインハルト様も何かそういう嫌な思いをしたことがあるのかな……)

そんなことをぼんやりと考えていた彼女は隣に人が来たことに気づかなかった。

「おや、ヘレーネさん。久しぶりですね」

「え、あ、こんにちは……」

若き司祭は彼女ににこりと笑いかけ、ヘレーネの横に腰掛ける。

「お元気そうで何よりです」

「はい、マーロン司祭の方もお変わりないようで」

たった一回会ったきりだったので、覚えられているとは思わなかった。ヘレーネとは違って彼の交友関係は広いようだから自分のことなどすっかり忘れていると思ったのだ。しかもこうやって挨拶に来てくれるとは、こういうマメなところが人から好かれるのかとヘレーネは感心する。

「貴方はもしかしてセントラル学園の学生さんなのですか？」

「はい、そうです」

「学校生活はいかがですか？」

「えっと、まあまあですね」

「そうですか……ところで」

なんてことはない世間話をしていたのに、ふいにマーロンが声を潜めた。

「学園で武術大会があったそうですが、その優勝者がラインハルトという者とは本当ですか？」

「え、はい、そうですけど……」

「ああ、やはりそうなのですか。なんということでしょう……」

マーロンは顔を曇らせ、憂苦をにじませた声で言う。

「怪我人《けがにん》は出ませんでしたか？　様子がおかしくなった方は？」

「怪我した人はいますが、ちゃんと治療されましたし、様子がおかしいとはどういうことですか？」

「ああこれは失礼。つまり、精神に異常をきたしてしまったような人です」

「…………そんな人いませんけど……」

　武器は木製で防具もきちんとつけていたとはいえ、誰もが無傷とはいかない。しかしそれで入院した者はいなかった。ましてや、精神をおかしくするだなんて。

（怪我の心配ならわかるけれど、どういうことなのかしら……？）

　いぶかしげなヘレーネにマーロンはほっとしたような表情を浮かべる。

「ああ、よかった、被害に遭われた方はいないんですね。それは何より」

「……どうしてそんなこと、聞かれるのですか？」

「そのラインハルトという者は闇魔術の相当な使い手なのでしょう？　闇属性の魔術は大変危険なのです。呪術など用いれば簡単に人の命と尊厳を奪ってしまう。本来ならああいった試合に闇属性の者は出ない方がいいですし、彼の優勝も見直されるべきなのですが……」

　マーロンの言う通り、闇属性の魔術には非常に危険なものがある。

　呪術などその代表例で、術者に何らかの反動があるが、その分効力が絶大で、中には人の体や意識を支配する術が存在するらしい。これが闇属性の魔術師の差別を助長したともいわれている。

　しかし、彼の言葉にはそれだけで看過《かんか》出来ない部分があった。

「ラインハルト様は大会中も一度だって魔術を使いませんでしたし、実力で優勝したのにそれを取り上げるなんておかしいのでは」

「なるほど。ヘレーネさん、貴方の気持ちはよくわかります。しかし、警戒と自衛は必要なことなのです。特に闇属性の者には気を緩ませず毅然《きぜん》とした態度をとらなければいけません」

「……何がおっしゃりたいんです？」

目を鋭くするヘレーネにマーロンは小さな子供を相手にするように優しく諭《さと》した。

「よいですか、邪神の力をその身に宿す者は精神を蝕《むしば》まれています。勿論、清く正しく生きる者には慈悲を与えるべきでしょう。しかし残念ながら、邪神の力は人の体には強すぎる。だからこそ我々がセーラティア様に代わって罪深き彼らを断罪せねばなりません。その為にも、下手《へた》に情を移して正しい判断が出来なくなるなどあってはいけないのです」

「………………貴方は、自分がおっしゃっていることがわかっているの？」

適性属性が闇である。それだけで罪人扱いする彼に、ヘレーネは強い不快感を覚えた。

「闇属性だというだけでそのような偏った見方をするなんて、おかしいです。それこそ、正しい判断なんて出来ませんよ」

「……ふう、貴方もそのように毒された考えをしているのですね」

マーロンは肩を落とし、悲しげに呟《つぶや》く。

「セーラティア様が命をかけて邪神を倒し、この世界をお救い下さった。ですが多くの人はそのことを忘れている。セーラティア様の代わりに、我々は邪神の力と戦わねばならないのに」

「私には難しいことはわかりませんが、そんな考えが間違ってることぐらいはわかります」

「確かに君の意見も正しい。けれど、人の皮をかぶった悪魔というのはこちらの善意を利用してきます。君はとても善良ですが、少々ラインハルトという者に肩入れしすぎているように見えますね」

マーロンはヘレーネに案じるような眼差しを向けた。

「気をつけて下さい。何かありましたら、相談に乗りますから」

彼は心の底からヘレーネを気にかけているようで、だからこそ不気味に見える。

このマーロンという男は、さっきから全くヘレーネの話を聞き入れてくれない。彼と同じように人の話を聞かないカトリーヌという少女がいたが、彼女はヘレーネを嫌っていた。だから話など聞いてくれないし、何を言っても信じなかった。

だが彼は違う。ヘレーネに対し全く悪感情を抱いておらず、善良と称し、相談にも乗ると気に掛ける。それなのに、彼女の意思を無視して自分の意見を押し付けてくるのだ。

（この人、自分が間違っているなんて、少しも思っていないんだわ……）

間違いを犯している可能性を万分の一も考えていない。いっそ純粋無垢《むく》なほど、自分が正しいと思っている。彼の価値観では闇属性のラインハルトは「悪者」で、彼の言葉に反発する自分は「間違って」いる。だからこちらの意見など聞き入れないし、考えを改めない。だって、自分の方が正しいのだから。けれど、それでも、言わなければ気がすまない言葉がある。

「……ラインハルト様を、そんな風におっしゃらないで下さい」

これ以上彼と会話したくなくてヘレーネは腰を上げる。

「そろそろ、失礼させていただきます」

「そうですか。またいつでもいらして下さいね」

マーロンの言葉に何も答えず、ヘレーネは教会を出た。距離をとった後、振り返って教会を眺める。きっともう、ここに来ることはない。居心地のよかった場所なだけに少々残念だが、それ以上にマーロンと顔を合わせたくなかった。

「……もう、帰ろう」

ヘレーネは帰路につく。教会に行くまで、いやマーロンと話すまではいい気分だったのに、今はもう真逆の気持ちだ。

溜息をつきながらも校門につくと、白い雪の上で黒いものが座り込んでいるのが見えた。

「シャイン、どうしたの？　ここは寒いでしょ？」

部屋の中で寛いでいると思っていた黒猫の登場に少なからず驚いたヘレーネは急いで抱き上げた。やはり寒かったのかシャインは腕の中で彼女にすり寄ってくる。

「ふふ、散歩にでも出てたの？　今日は寒いから中に入ろうね」

シャインが自由に出入り出来るように窓の鍵はいつでも開けてあったのでここにいるのは不自然ではない。とはいえ、こんな雪が積もっている日に外に出るとは思わなかった。

部屋に戻ったら毛布か何かで温めようと思いつつ周囲に誰も見てないか確認してから学園に入る。

胸の不快感はいつの間にか消えていた。

■■■

冬休みが明け、帰省していた生徒が学園に戻って来た。多くの生徒達にとって学園生活が始まることは喜ばしいことではないらしく、冬休みは短すぎるという愚痴があちらこちらから聞こえた。

しかしそんな中、ヘレーネに限っては違う。なにせ長い間顔を見ることも叶わなかった想い人にようやく会えるのだから憂鬱など感じている暇はない。

「ラインハルト様、お久しぶりです」

「ああ、久しぶりだな。ヘレーネ」

胸を高鳴らせて向かった第三図書室でようやく会えた彼は相変わらず格好良い。

「神輝祭のカードありがとうございました。とても嬉しかったです」

「こちらこそありがとう。どうだ？　神輝祭は楽しめたか？」

「あ、はい。街全体が綺麗に飾り付けられていて見ているだけでも楽しかったです」

一瞬頭に教会の出来事が浮かんだもののすぐに打ち消して笑みを浮かべる。

「ラインハルト様は冬休み、どう過ごされていたんですか？」

「ん？　いや、別に普通だな。神輝祭の時も領主としての仕事に追われていたから、カードを出すだけで終わってしまった」

「え、そうなのですか？」

意外だった。人気のある彼ならてっきりパーティーに出ずっぱりだと思っていたのに。

しかしそう言われてみると、どことなく疲れているように見える。

「ああ、それにこの時期になると体調が優れない日が多くてな。あまり疲れるようなことはしないことにしているんだ」

「そうなんですか……あ、だったら今日も早くお休みされた方が」

「いや、そこまでするほどじゃあない。だが、ありがとう」

ラインハルトはそう言って目を細める。まるで眩《まぶ》しいものでも見るようであったが、生憎ヘレーネはそれに気づかなかった。

「それならいいですが、無理だけはしないで下さいね」

「わかっているさ」

ラインハルトの言葉を聞いてもヘレーネとしては心配だったが、本人がこう言っている以上食い下がれない。けれどあまり負担になるようなことは避けたくて今日はこつこつ練習してきた魔術を披露するのは止《や》めて読書するだけに留めることにした。

(そういえば、魔術を教わることになった時にも思ったけれど、まさかこんな関係になるとは思わなかったな)

今二人は、隣同士で座っているものの会話はほとんどせず、黙って本を読んでいる。紙をめくる音以外は互いの息遣いしか聞こえるものがない。前のヘレーネがこのような状況に陥《おちい》っていたらきっと心臓がうるさくてとてもではないが読書に集中出来なかっただろう。けれど、今はラインハルトが傍にいても落ち着けるようになった。決して恋情が薄れたわけではない。むしろ、最初の頃より深くなったように思う。きっと、一緒に過ごした時間が自分を変えたのだろう。

思えば自分も随分とラインハルトに自然体で接せられるようになったものだ。たまにではあるが冗談や軽口を叩くこともある。

何も特別なことはしていないのに、一緒にいるだけで心地いい。今までの人生でそんな相手出来たこともなかったのに不思議なものだ。ふとここで、ヘレーネはある可能性に気づいた。

（あれ、これって……もしかして、もしかすると、と、友達っていうものじゃ……！）

友達。前世でも今世でも縁がなかった言葉である。一緒に出かけたり、ご飯を食べたり、雑談を交わしたり、特に理由がなくとも一緒にいたり、考えれば考えるほど友達という言葉がぴったりだ、とヘレーネは思った。

（友達、友達かぁ……友達だったら、修道院に入った後でもラインハルト様と会えるかな？　手紙とかも送ったりして）

浮かれた気持ちでそんなことを考える彼女を誰が責められるだろう。前述した通り、彼女は友達というものに縁がなかったのだ。そして浮かれていた彼女は、自分に近づく存在に気づかなかった。

「……え？」

ふと肩に重みがかかったので、視線を向けるとそこにはラインハルトの頭が乗っかっている。

「えっ」

固まりパニック寸前になるヘレーネだったが、それでもなんとか自分を落ち着かせて彼の様子を窺うと小さく寝息が聞こえてきた。

（……寝て、いらっしゃる？）

見ればその金眼は目蓋《まぶた》で閉ざされ、開く様子がない。

（本当に疲れているのね……）

ならば彼を起こすという選択肢はない。

（上になにかかけた方がいいかな……でも、動いたら起きちゃうかもしれないし）

しばらく悩んだ後、このままでいる方を選んだ。動けないというのは少し辛《つら》いが耐えられないほどではない。ただ、ちょっとばかり役得としてラインハルトの寝顔を拝見させて貰う。鋭くも力強い眼差しが瞼に隠れているだけで彼は普段よりやや幼く見えた。いや、年相応に見えるというべきか。

普段の言動や雰囲気から忘れがちだが、ラインハルトはヘレーネとたった一つしか違わないのだ。

前世であればまだ親の庇護下にいるのが許される歳《とし》である。しかし、彼には守ってくれる親は存在せず、それどころか領民達も守らなければいけない立場。もしかしたら悩んだり迷ったりしても誰にも相談出来ず、失敗をしても自分でどうにかしなくてはいけないから、気の休まる時がないのかもしれない。ヘレーネが出来ることなど何もない。だから、こうして肩を貸すぐらい安いものである。

「……おやすみなさい、ラインハルト様」

小さく囁いて、ヘレーネはなるべく動かないようにしつつ読書を続けた。


「……ん、ん？」

それからどのくらい時間が経《た》っただろう。ラインハルトが身じろぎする。ゆっくり開かれた瞳は戸惑いがちに彷徨《さまよ》い、周囲を見渡してヘレーネの存在に気づくと大きく見開かれた。

「へ、ヘレーネっ!?」

ラインハルトが慌てた様子で身を起こしたのを、ヘレーネはちょっとだけ残念に思った。

「大丈夫ですか、ラインハルト様」

「あ、ああ。……俺は、一体？」

「眠っていたのですよ」

「………………寝ていた？　俺が？」

信じられないといわんばかりのラインハルトが少しおかしくて口元を緩ませながらヘレーネは頷《うなず》く。

「自覚がなかっただけで疲れていたのでしょう。今日は休まれてはどうです？」

「……そう、だな。その、大丈夫だったか？　ずっと寄りかかられて大変だっただろう」

「いいえ、これぐらい大丈夫ですよ」

確かに少々痺《しび》れてはいるものの、ラインハルトの寝顔が見られたのだからお安いご用である。

「本当にすまない。この借りは必ず返す」

肩を貸しただけであってそんな大したことじゃないとヘレーネは思ったのだが何か言う前に彼は席を立ってしまう。

「すまないが、今日はもう帰らせて貰う。君の言うように少し疲れているようだからな」

居心地が悪そうにそう告げると、ラインハルトは引き止める間もなく図書室から出て行った。

「お、お大事に」

かろうじてそう声をかけたものの、届いていたかどうかは怪しい。

ラインハルトらしくない行動にヘレーネは首をかしげる。

（私、何かしてしまったかしら？）

もしかしたら眠ったまま起こさなかったのがいけなかったのかと思ったヘレーネは次会った時ラインハルトに謝ることにした。


しかし後日、ラインハルトは普段通りに戻っていて、謝るヘレーネに笑いながら返した。

「ん？　ああ違う違う。あの時はみっともない姿を見られたから思わず逃げてしまっただけだ。君が何かしたわけじゃない」

「そうなのですか？」

ラインハルトの言葉にヘレーネは安堵する。

「そもそも君が謝る必要なんてどこにもないだろう。むしろ謝るべきはこっちだ。これはほんの気持ちなのだが」

そう言って彼は綺麗な包装紙に包まれた箱をヘレーネに渡そうとするも彼女は慌てて首を振る。

「そ、そんな。大したことはしてませんから、気にしないで下さい」

「いや、それでは俺の気がすまない。それにこれは君に渡す為に買ってきたんだ。受け取ってくれないなら捨てるしかないぞ」

ヘレーネは迷ったものの、ラインハルトも引かないので素直に受け取ることにした。

「最近人気のある洋菓子店のクッキーなんだ。気に入ってくれるといいが」

「わあ、大事に食べますねっ」

クッキーならある程度日持ちするはずだから、毎日少しずつ食べようとヘレーネは決めた。

◆◆◆

（一体どうしたっていうんだ……）

ラインハルトはもう何度浮かんだかもわからない疑問を、もう一度自分にぶつける。視線の先にいるのはヘレーネ。彼女はラインハルトからの視線に気づかず、手元にある本に夢中だ。タイトルからして読んでいるのは、彼が手に取ることもない恋愛小説だろう。正直、そんな甘ったるくて胸やけしそうな夢物語なんてよく読めるなと思うものの、そこは個人の趣味なので口には出さない。

「それは面白いのか？」

出さない、つもりだったがつい口に出てしまった。

「へ？　あ、これですか？　えっと、長い間塔に閉じ込められていた王女がある日国に侵略してきた異国の王に捕虜にされるんですけど、彼と少しずつ愛を育《はぐく》んでいく話なんです」

「ふぅん」

自分から聞いておきながらラインハルトからはそんな反応しかでなかった。それに気を悪くした様子もなく、ヘレーネは横に積んでいた本から一冊抜き出してラインハルトに差し出す。

「よかったら読んでみますか？　これ、シリーズ物でこっちが第一巻です」

「それじゃあ、少しだけ」

断ろうとも考えたが、なんとなく受け取って表紙をめくる。

読んではみたが、やはり彼の興味を引くような内容ではなかった。機械的に読み進めて最後のページ、王女と王が互いに想いを告げ、抱きしめ合うシーンになってもそれは変わらない。

（……さっぱりわからない）

小説内にはいかに愛が美しく尊いもので、人を愛することがいかに素晴らしいものか説かれていたが、ラインハルトには何も響かなかった。だから彼には、この王女と王の気持ちや行動の意味がわからないし、これを読んで感動する者の気持ちもわからない。

「どうでしたか？」

「正直、俺には合わないな」

「ふふ、そうだろうと思いました」

素直にそう告げると、何がおかしいのやらヘレーネがクスクスと笑った。それを見て、ラインハルトは不思議に思う。ヘレーネが、ではない。そんな彼女を見つめてしまう自分に、だ。

（俺は、どうしてしまったんだ？）

ここのところ、自分でも不可解な行動を起こしている自覚がある。その最たるは、やはり以前不覚にも彼女の隣で居眠りしてしまったことだろう。疲れていたのは確かだ。神輝祭の時はいつも体調が悪く、さらには仕事も増えるので体のだるさが抜けきっていなかった。

しかし、今までいかに疲労困憊《こんぱい》で眠気に襲われようとも、仮に眠っていても人の気配を感じると目が冴《さ》え、覚醒していた。それなのにあの時はどうして寝てしまったのか。思えばあの日、何故だかへレーネの顔を見た瞬間、体の力が少しばかり抜けたような気がする。やはりあの時の自分はどうかしていたに違いない。あれ以来、醜態《しゅうたい》を晒《さら》す事態になっていないのが幸いだ。

「ところであの猫は元気か？　えっと、シャインだったかな」

思い出したせいで居心地の悪さを覚えたラインハルトは気を取り直す為に適当な話題を口にする。

「はい。この前もラインハルト様が下さった餌をおいしそうに食べてました」

「そうか、それはよかった」

ヘレーネがこっそり猫を飼っていることは聞いている。誰にも言わないで欲しいと念を押されたがそんなこと、言われるまでもない。あの猫は、彼女の監視役なのだから。

ラインハルトは基本的に人を信じていない。だから監視用の使い魔を複数所持している。使い魔から得られる情報は人づてよりもよほど正確で迅速《じんそく》、なにより使い魔は動物だ。ラインハルトの魔力の影響で賢くはあるが、嘘《うそ》などつかない。つけない。

ヘレーネが裏切る可能性は低いと判断しているが、用心は必要である。

「でもあの子ったら、すごく気まぐれなんですよ。私が勉強や、読書している時に限って腕に乗っかってきて、何度退《ど》かしても止めてくれなかったんです。しょうがないから諦めてシャインと遊ぼうとした途端、飽きて行っちゃうし」

「ほう、そうか」

「それからあの子……」

珍しいことにヘレーネは喋《しゃべ》り続ける。猫のことを話せるのはラインハルトだけだからだろうが、本当に可愛がっているのだろう。その顔は微笑みが浮かんでいる。

普段は鉄仮面の女と称されるほど無表情な彼女だが、ラインハルトの前だと本当によく笑うのだ。

（そういえば、誕生日プレゼントを渡した時も随分と嬉しそうだったな……）

まるで、固く閉ざされた蕾《つぼみ》がほころぶように、幸せに満ち足りたような笑顔が脳裏に浮かぶ。

欲しがっていたとはいえ、ただの花束と本なのにあそこまで喜ばれるとは正直思わなかった。

そういえば、神輝祭の日の出来事にも驚いた。あの日、気分が優れないながらも今日という日を彼女がどうしているのか気になって、体の不調を押して視界を繋《つな》げてみれば彼女は自分の送ったカードを嬉しそうに眺めているところだった。やがて外に出て、街をブラブラと散策し始めたのも猫越しに見ていたが、その足が教会に向かった時は思わず舌打ちをした。

様子を窺っていれば、聞こえてきたのは闇属性の彼には不愉快な言葉。この適性属性が原因で絡《から》まれたことは一度や二度じゃない。皆見て見ぬふりをしているだけで、よくある話だ。

だがその時、ヘレーネが司祭に対し怒ったのは予想外だった。理不尽な目に遭っても反発するより、じっと耐えて通り過ぎるのを待つような少女だから、適当に受け流すものと思ったのに。

気概があるのはいいが、激昂《げっこう》した相手から何かされるんじゃないかと、少々気が気ではなかったので、もうあんなことはしないで欲しいが。

（とにかく、これ以上隙を見せるような真似は避けねば）

こちら側が優位に立っているのにそれを慢心や驕《おご》りで失う羽目になったら目も当てられない。

「そういえば来月、魔術の実地試験があるな。自信はどうだ？」

話題に出したのは春休み前に行う、一年間の集大成ともいえる試験だ。魔術は二年より選択科目であるが、ヘレーネは魔術を選んではいない。つまり最初で最後でもある試験で結果が残せるよう励んでいるのだ。

「それが……中級魔術を発動出来るんですが、まだまだ不安定なんです」

「そうか。だが落ち込むことはない。君は本当によく頑張っている」

この言葉に嘘はない。彼女の魔術の才能は人並み。その上、あんな粗末な魔具を使っていて、そこまで出来るのは称賛に値する。まさに彼女の努力の賜物《たまもの》だろう。

「大丈夫さ。不安なら、俺がいくらでも練習に付き合うぞ」

「あ、ありがとうございます」

ラインハルトの言葉にヘレーネは照れたように顔を赤くする。

(……そういえば、この娘も随分心を開くようになったな)

最初に会った頃からラインハルトには好意的で無表情を保てていなかったが、それでも距離をとって壁を作っていた。だが今は、心なしか互いに距離が近くなったような気がする。

しかし、だからどうということもない。

彼女は自分を好いているが、それはラインハルトの外見に惹《ひ》かれ、そして表面上の優しさに自分を守ってくれる存在だと期待しているだけに過ぎない。その当てが外れれば離れて行くだろう。

それを悪いとは思わない。自分の身が一番なのは当たり前のことなのだから。

同じように、自分は自分の為に彼女を利用する。それだけだ。

4章　とある修道女の祈り

ヘレーネは教室内で緊張の面持ちで座っており、他の生徒達も落ち着かない様子を見せている。

なにせ今日は大事な魔術の試験日。生徒にとってこの日ほど一喜一憂する日はないだろう。

試験のやり方は一人で別室に行き、そこでユージーンに魔術を披露するというもの。人前でやらなくていい分、こうして待たされる時間はとても心臓に悪い。しかも今、試験を受けている生徒はヘレーネの一つ前、つまり彼女の出番はもう次なのだ。故に彼女の緊張は最高潮に達していた。

（大丈夫……ラインハルト様が教えてくれたようにやれば……）

なんとか自分を落ち着かせようとしていると、ユージーンが呼びに来た。

「では、ヘレーネさん。来て下さい」

「はい」

案内されたのはユージーンの仕事部屋でその床に魔法陣が描かれている。これは魔力を可視化させるものであり、これで魔力の流れや配分が適切かどうかを視《み》るのだと説明されていた。

「すでに説明したように、魔法陣の中に立って魔術を発動して下さい。どんな魔術を発動させるかは自由ですが、下級魔術は必ず行うこと。何か質問はありますか？」

「いいえ」

「そうですか。ではさっそく行って下さい」

高まる緊張を抑える為《ため》に一度大きく深呼吸をして、魔法陣の中に入る。

（ラインハルト様にあんなに教えていただいたんだもの……失敗するわけにはいかないわ）

魔具を片手に呪文を唱えると、ヘレーネの前に氷の結晶が現れ、それらは互いに結合し合い彼女の背丈ほどになった。水属性の中級魔術『氷結の障壁』。氷の壁を作って身を守る魔術だ。

だが、すぐにパリンと音を立てて割れてしまう。

「あっ……」

魔術は発動したものの、これでは失敗である。しかしすぐに持ち直して、ヘレーネが行ったのは水属性の下級魔術で霧を発生させ、周囲の視界を悪くする『霧の幕』。

これには成功した。ごく狭い範囲であるが、発生した霧は中にいる者の視界を確かに奪う。

霧が消え、良好になった視界にはユージーンが微笑《ほほえ》みを浮かべながら立っていた。

「よく頑張りましたね」

「はい、ありがとうございます」

ユージーンは手にあるレポート用紙に記録を書き留めながらヘレーネの魔術について話を続ける。

「下級魔術は完璧でしたよ。中級魔術も、原因は魔具ですね。もう少し違うものであればきっと成功したでしょう」

「……はい」

ヘレーネの顔に影が落ちる。それは彼女もなんとなくわかったが道具のせいだとしても結果が変わるわけではない。失敗は失敗である。

「……本当に頑張りましたね。沢山練習したのでしょう。それはこちらにも伝わりました。だから、あまり気を落とさないで」

「……ありがとうございます」

「ところで、君は一人で練習していたのですか？　それとも誰かから魔術を教わって？」

「あ、えっと、二年のラインハルト様に助言を貰《もら》っていました」

「ああ、なるほど。彼か」

ラインハルトが夏休み、冬休みとヘレーネに手紙を送っていることはユージーンも知っていた。

一昨年入学した当初から魔術を使いこなし、教えることなど何もなかった彼なら人に教えることも出来るだろうと納得すると同時に意外にも感じる。ユージーンの見解ではラインハルトは特定の誰かと親密になることはない、知人は多いが親友はいないタイプの人間だと思っていたからだ。

しかし仲が良いというのなら問題はないだろう。

「それでは、これで試験は終わります。お疲れ様でした」

「はい、ありがとうございます」

こうしてヘレーネの魔術試験は苦い記憶で終わってしまった。

■■■

三学期最終日。多くの生徒が我が家に帰るべく荷物を片手に持って校門をくぐったり、馬車に乗り込んだりしている。学友との別れを寂しがりながらもその顔にどこか嬉しさをにじませているのはやはり家族と会えるからだろうか。生憎《あいにく》、ヘレーネは全くそんな気持ちにはなれない。

少しでも帰る時間を遅らせたくて、馬車がなくなるギリギリまで第三図書室で粘ることにした。

シャインもそんなヘレーネの気持ちを察してか、足下で大人しく丸まっている。

「ヘレーネ、ここにいたのか」

そこにラインハルトがやってきて、ヘレーネは驚き目を開いた。

「ラインハルト様、もう行ってしまわれたと思ってました」

「君に挨拶《あいさつ》をしようとしたんだが、姿が見えなくてな。探し回ったぞ」

「ご、ごめんなさい」

謝るヘレーネにラインハルトは笑って首を振る。

「いや、俺が勝手にやったことだ。気にするな」

彼はヘレーネの横に座ると彼女の手元を覗《のぞ》き込んだ。

「何を読んでいるんだ？」

「絵の評論の本です……書いてあることはよくわからないんですけど」

「へえ、珍しいじゃないか。君がそういうものを読むなんて」

「適当に本棚から抜いてみたらこれだったんです。あくまで時間つぶしでしたから」

手にずっしりとした重みを与えるその本には数々の名画が紹介され、そこに用いられている技法、当時の時代背景や好まれていた傾向などを事細かに記されているが、絵画の知識や興味のないヘレーネにはよくわからない内容だった。

丁度ヘレーネが見ているページには宗教画なのか、セーラティアがジードガルマに対し弓を引いている絵画が載っている。解説によれば、この弓矢によってジードガルマは討たれたそうだ。

「あの、ラインハルト様」

「ん？」

「実家に戻って、私にやるべきことはありますか？」

ここで会ったのも何かの縁だと思い、ヘレーネは本を閉じてラインハルトに気になっていたことを聞いた。自分は両親を陥《おとしい》れる為の協力者である。しかし、やったことといえば証拠が残っているかもわからないかつての不正とここ最近怪しいなと感じた確証のない疑念のみ。何かの足しになるかもわからない。試験のこともあり、ヘレーネは何かラインハルトの役に立ちたくてしょうがなかった。

「そうだな……それじゃあ、些細なもので構わないから何らかの証拠や証明になるようなものがあるか調べて貰えるか？　もちろん、無理はしなくていい」

「はい、わかりました」

ラインハルトの言葉を聞いて、ヘレーネはこの休みの中で絶対何か見つけてみせると心に決める。

「さて、挨拶も済んだし、俺はもう帰るよ」

「はい、どうぞお元気で」

「君も達者でな。何かあったら手紙をくれ」

そうしてラインハルトは領地に戻り、ヘレーネもしばらく時間をつぶした後に馬車に乗り込んだ。


おおよそ一年ぶりの帰省だが彼女を出迎える者はいなかった。ヘレーネは一人、荷物を持って自室に向かう。値の張りそうな壺《つぼ》や絵画が飾られている廊下を歩いていると、途中で数人の使用人とすれ違うも、彼らはこの家の一人娘であるヘレーネなど存在しないかのように挨拶もせず素通りして行く。本来ならありえないことだが、この家では普通のことだ。それについてどうこう思う感性など、とっくに消えている。部屋に戻ると埃《ほこり》っぽくてむせてしまった。きっとこの一年、放置されていたに違いない。このままだと流石《さすが》にきついので窓を開けて空気の入れ替えを行う。

「さあ、シャイン。出てきていいよ」

荷物が入った鞄《かばん》とは別に持ってきていたバスケットのかごを開けるとシャインがひょっこりと顔を出す。かごから飛び出したシャインは体を大きく伸ばした。そして周りを窺《うかが》うように鼻をひくひくと動かしたらくしゃみが出て、不愉快そうな顔をする。

「ごめんね、もう少ししたら綺麗《きれい》にするから」

本当なら今すぐ掃除したいが、その前にやることがある。両親への挨拶だ。自分が帰ってきたことなどあの人達にはどうでもいいことだろうが、挨拶しなければそれはそれで難癖をつけられてしまう。

まず父の部屋に行ったが留守だったので、母の部屋に向かう。ノックして入室の許可が出た後に部屋に入れば、母は鏡に向かっていた。並べてある宝飾品を自分につけては取り替え、上機嫌な顔をしていたが、ヘレーネの存在に気づくと眉を寄せる。

「なんだ、あなただったの。何の用？」

冷たい眼差《まなざ》しと声にヘレーネは息が止まりそうになるがそれを何とか耐え、頭を下げる。

「一時帰宅したのでその挨拶に参りました」

「ふぅん」

「あの、母上。父上がどこにいるかご存知ですか？」

「知らないわ。またどこかで酒でも飲んでるんじゃないの？　それよりさっさとどこかに行ってちょうだい。あなたのその陰気で気持ち悪い顔を見るとこっちの気分が悪くなるんだけど」

「はい、失礼します」

なるべく音を立てないように扉を閉めた後、ヘレーネは大きく息を吐いた。握りしめていた服にはしわが出来ていて、その手の平は汗で濡《ぬ》れている。一年前まではここまで酷《ひど》くなかったはずだが、どうやら長い間、顔を合わせなかった為に蘇《よみがえ》ってしまったらしい。両親に対する恐怖が。

「……はぁ、はっ……あ……」

幼い頃からのトラウマが脳裏をかすめ、ヘレーネを追い込んでいく。なんとか部屋にたどり着いたヘレーネはふらふらになりながらベッドに向かう。シャインが近づいてきたが構う余裕はない。ベッドに倒れ込むと埃の匂いが鼻につく。服が汚れてしまうなと考えながらヘレーネは目を閉じた。


目を開けると、あたりはすっかり暗くなっていた。

どのくらい眠っていたかわからないが、この分だと夕食の時間はとうに過ぎているだろう。

(声もかからなかった……いえ、そもそも私の分があったかどうかも怪しい……)

体を起こし、ヘレーネはぼんやりとしながら、これからどうしようかと考えた。本音を言えば、このまま部屋に引きこもっていたい。だが、それではラインハルトの頼みを成し遂げられない。彼はきっと責めないだろう。それどころか、十分に頑張ったと労《いた》わってくれるかもしれない。

だけど、それでいいのだろうか。絶対に見つけてみせるという、あの意気込みは何だったのだ。

(やっぱり、何かしたい。ラインハルト様の為に何か……)

幸い、今は夜。きっと親も寝ている。これなら、見つからずにすむかもしれない。

「……よし」

寝ているシャインを起こさないようにヘレーネは部屋から抜け出す。書斎に行けば何かあるに違いないが、だからこそ何か対策が施されているだろう。八歳の時の二の舞は御免だ。

さてどうしようと屋敷内を歩いていると、突然怒声が響いた。

「おい！」

廊下の向こうに、父の姿があった。距離があるのに息が詰まりそうなほど酒臭く、顔が真っ赤で目もうつろなのがわかる。大股で近づいてくる父に、逃げねばと思うのに体が言うことを聞かない。

「なんだその反抗的な目は！　俺を馬鹿にしてるのか⁉」

「そ、そんな」

怒鳴り声を浴びせられ、ヘレーネは体の芯から冷えていくのを感じた。しかしそれでも、弁解しなければと口を開く。

「わ、たし、そ、そんなつもり、ないです……ご、ごめんなさ」

「言い訳するな！」

頬に強い痛みが走る。殴られたのだ。

「あ、ぐ……」

衝撃で体がよろける娘に、父親はまた手を上げた。唇が切れて、鉄の味が舌に伝わる。

「つぅ……」

この状態の父に何を言っても無駄だ。ヘレーネは震える体を叱咤《しった》して逃げ出そうとするも、父親が「どこに行く気だ！」と追いかけ、背中を蹴りつけられた。

「きゃあ……！」

体が大きく傾き、咄嗟《とっさ》に手を前に出すと、何かに触った感触はしたもののそのまま倒れ込んでしまう。その直後、何かが割れる音が響く。顔を上げればそこには陶器の破片が散らばっていた。

「ちょっと、うるさいわよ。何の騒ぎ？」

部屋から寝間着を着た母が不機嫌な顔つきでやってくる。どうでもよさげにヘレーネを見た彼女は廊下に散らばる破片に気づいて、顔色を変えた。

「あんた、なんてことをしてくれたの!!」

「え？」

「この壺！　この前買ったばかりですごく高価で気に入ってたのよ!?」

母はものすごい剣幕で近づくと、倒れている彼女を何度も何度も踏みつける。

「ご、ごめんなさ……ごめんなさい、ごめ、ごめんなさい……」

ヘレーネは自分の体を丸め、必死に何度も謝罪するも、それで許してくれる両親ではなかった。

「あーもう、これだからこいつがいるのは嫌なのよ。ただでさえ、いるだけで人の気分を悪くするくせに私達に迷惑かけることばっかりして！」

「役立たずな上に面倒ごとばかり起こす！　この疫病神め!!」

父も加わった暴力にヘレーネはただ耐え、早くこの時間が終わることを願った。

やがて、父親が彼女の髪を引っ張り立ち上がらせるとそのままどこかへ連れて行こうとする。

「立て！　このグズ！」

もはや抵抗するだけの気力もない彼女はその言葉に従い、なんとか歩き出す。向かう先がどこかなんて、見当がついていた。

ついたのは屋根裏部屋である。そこに押し込まれたヘレーネは施錠の音を聞き、座り込む。

「う、あ……い、たい……」

殴られた箇所、踏まれた箇所、どこもかしこも痛い。体を横たえても感じるのは冷たくて固い床の感触だけ。灯りになるような物はなく、唯一の光源は窓から入る日の光のみ。

幼い頃、いろんな物が乱雑に置かれて窮屈なこの場所に閉じ込められると怖くてたまらなくなり、泣いて叫んで出して欲しいと懇願したものだ。それが叶《かな》えられたことはなかったけれど。

（……やっちゃった……ラインハルト様に、謝らなきゃ）

何も出来なくてごめんなさい。役に立てなくてごめんなさい。

「ごめんなさい……ラインハルト様……」

小さく紡がれた言葉は誰かに拾われることもなく、暗闇に霧散した。

■■■

まだ日の昇り切らぬ早朝から、彼女は祈りを捧《ささ》げていた。白く染まった頭髪と、手に幾重にも刻まれたしわが彼女のこれまで歩いて来た道のりの長さを物語っている。

近隣の村の者しか訪れる者がいない小さな教会。彼女は長い間そこの修道女をしていた。

この早朝の祈りは、彼女がここに来てから一日も欠かすことなく行っている日課だ。

そこで彼女は毎日毎日、同じことを祈ってる。初めて恋をしたあの人のことを祈ってる。

あの人と出会ったのはずっと昔、けれど彼女には昨日のことのように思い出せた。

自分が困っている時にたまたま助けてくれたのが彼。

富、権力、身分、容姿、頭脳、才能、おおよそ人が欲しがるもの、そのほとんどを彼は有していて、けれど彼女が気になったのは、彼の目。

周りからも慕われ、とても恵まれているはずなのに、彼はとても寂しそうな目をしていたのだ。

その目は、両親から愛されず、その鬱憤を周りに八つ当たりすることしか知らない自分に重なった。

そして気づいた。彼の孤独に気づき、寄り添えるのは同じような人生を歩んだ自分だけである、と。

だが、気づいた彼女が何をしたかというと、何もしなかった。

自分が彼に気づいたのだから、彼もきっと自分に気づいてくれるはず。そして、自分を助ける為、救う為に迎えに来てくれる。だからそれまで待っていよう、そう考えたのだ。

彼女は、夢見がちで愚かな娘だった。

当然のことながら、その後彼が迎えに来てくれることなどなく、一年が経過してしまう。

流石にまずいと思った彼女だったが、時すでに遅く、彼の関心は別の少女に向いていたのだ。

彼女は憤った。彼と結ばれるべきは自分なのに、他の女に奪われるなんて我慢ならない、と。

しかし、根が小心者の彼女は大したことなど出来ぬうちに、両親の悪行が暴かれ、自身も修道院行きとなったのだ。

当初はそんな自分の運命を嘆き、悲しみ、恨んだが、それはある日、変化する。

風の噂《うわさ》で、あの人が死んだことを聞いたのだ。そこで、ようやく彼女は自分の愚かさに気づいた。

本当に救われるべきは、手を差し伸べられるべきは、自分ではなく彼だったのだ。それなのに自分のことばかりで彼を助けようとしなかった。彼の苦しみを、見て見ぬふりをしたのだ。

自分の罪に気づいてももう遅い。彼の人は死んでしまった。

それから、彼女は心を入れ替え、精力的に奉仕活動に励み、清貧を心掛けた。彼女の働きはやがて周囲からの評判を集め、昇任や大きな教会への赴任を提案されたが、それを固辞し、あえて寂れた小さな教会に赴いた。

彼女にとって今の人生は、愛する人を見捨てたことに対する償いと、たった一つの祈りの為。

その為に彼女は、身を粉にして働き、人々に尽くしてきた。けれど、その時間ももう長くない。

祈り続けて早五十年。最近、体が思うように動かず、咳《せき》が止まらなくなることがある。きっと自分はそう遠くない日にこの命の灯《ともしび》を消すのだろう。

だから、彼女はより一層強く祈る。この祈りさえ届くのなら、自分は地獄に落ちてもかまわない。

（ああ、神様……どうか、どうか……ラインハルト様の魂をお救い下さい……！）

■■■

「…………ん？」

ヘレーネはゆっくりと目を開けた。固い床に寝ていた為、体のあちこちが痛むがそれよりも気になることがあった。

（……なんだか、とても懐《なつ》かしい夢を見たような気がする……）

けれど、内容が思い出せない。前世の夢でも見たのだろうかと考えていると横で寝ていたシャインも目を覚ましたのか、彼女の手をペロリと舐《な》めた。

「ん、おはよう。シャイン……」

優しく撫《な》でるとシャインは気持ちよさそうに「にゃあ」と鳴いた。

ヘレーネが屋根裏部屋に閉じ込められて三日経《た》った。相変わらず、彼女はここでの寝泊まりを余儀なくされている。食事は出されるし、トイレや風呂にも行かせて貰えるが、窮屈でたまらない。それに、暴力を受けてもろくな治療を受けていない為、未《いま》だに痕が残っているし、痛みもする。

それでも、あまり落ち込んでいないのはシャインの存在が大きかった。シャインは屋根裏部屋に閉じ込められた次の日、食事が運ばれた際にこっそり中に入ってきたのだ。本当に賢い子である。

それからもう一つ。ポケットに入っている栞《しおり》もまた彼女を支えていた。ラインハルトから貰った花で作った栞は完成してからずっとお守りのように持ち歩いているのだ。

シャインを撫でながら、ヘレーネはいつまでここに押し込まれているのだろうかと考えた。

学校が始まる頃には解放して貰えるだろうが、それまでこの状態なのは辛《つら》いものがある。

しかし、自分が何を言ったところであの親は聞き入れてくれない。せめて、何らかの気まぐれを起こし、ここから出してくれるのを願うばかりだ。

「……せめて、本があるといいんだけれど」

何せここには何もない。なのに時間だけは有り余るほどあるので時間が経つのがとてもゆっくりに感じてしまう。さて、今日はどんな風に時間をつぶそうか考えていると、廊下から誰かが歩いてくる音が聞こえる。ノックはおろか声かけすらもなくドアが開かれた。

「応接間にお向かい下さい。旦那様達がお待ちです」

「え？」

どうして、と問いかけるより前に使用人は用が済んだと言わんばかりに去ってしまう。

だが使用人のそんな態度を気にしている暇はなかった。両親の呼び出しにすぐ応じなければ何を言われるかわからない。シャインにはここに残っているよう伝えて、ヘレーネは応接間に急いだ。

「ヘレーネです。遅れてしまい、申し訳ございません」

応接間についたヘレーネはノックをして声をかける。そして「入れ」という言葉を受けてからドアを開けたのだが、そこに思いもよらない人物がいて彼女は目を見開いた。

「ライン、ハルト様……」

一瞬、幻かと思ったが彼から「久しいな」という声をかけられ、これが現実であることを理解した。

「申し訳ありませんな、カルヴァルス殿。うちの娘は少々変わり者でして、屋根裏部屋を好み今日も入り浸っていたようです。さらに先日うっかり階段から落ちて怪我《けが》をしてしまい、このような見苦しい姿で挨拶することになるとはいやはや、親として恥ずかしいばかりです」

父の言葉にヘレーネは自分の姿を思い出す。薄くなったとはいえ、あちらこちらに痣《あざ》があり、埃まみれの屋根裏部屋にいたせいで服も汚れている。

こんな姿をラインハルトに見られ、羞恥心で顔が赤くなるのを感じた。穴があったら入りたい。

「いいえ、私の方こそそちらの予定を伺いもせず急に押しかけてしまい申し訳ありません。どうしても今日中に彼女の顔が見たくて」

「まあ、娘とは本当に親しいのですね」

「ええ。とても仲良くさせていただいております。それで先ほどの話なのですが……」

「勿論《もちろん》、大丈夫ですぞ。あなたなら安心して任せられます」

ヘレーネを置いてきぼりにしてラインハルトと両親は話を進めていく。一体何の話をしているのかと首をかしげているとラインハルトが小さい割にずっしりと重そうな袋を両親に渡した。

「おお、これは……」

「まあ……」

それを覗いた二人から感嘆の声が漏《も》れる。

「よろしいのですか、こんなに？」

「大事な娘さんをお預かりするのですから当然です。これからもどうぞよろしくお願いしますね」

「そ、それは勿論です、はい！」

自分がどうかしたのかと戸惑っているとラインハルトが彼女に近づく。

「それでは、俺の屋敷に行こうか」

「え？」

どうやらヘレーネはしばらくの間ラインハルトのところに身を置くことになったらしい。

どうしてそうなったのか話が見えないが、両親に急《せ》かされ服や本を鞄に詰めていく。勿論、シャインのことも忘れない。心得ていたように自室で待機していたのは流石《さすが》に驚いたが。

両親から決してラインハルトの言うことには逆らわないように、服従して媚《こ》びを売れというありがたい見送りの言葉を受けて屋敷から出ると、すでに馬車が待機していた。

「……ヘレーネ、俺が持つ」

「あっ」

馬車に向かおうとするとラインハルトが、ヘレーネの荷物を奪ってしまう。それが自分に気を遣ってのことだとすぐ気づいた。

「あ、ありがとうございます」

「いや、礼はいらない」

馬車に乗り込み、ゆっくりと動き出す景色を見ながら、ヘレーネは口を開く。

「あ、の……どうして、うちに？」

「……ちょっとしたツテで探りを入れたら、君が閉じ込められていると聞いたんだ」

その言葉にヘレーネも納得する。あの家の使用人達に忠誠心などあるわけもないから、誰かが口を滑らせたのだろう。

「ごめんなさい、ラインハルト様。私、何も見つけられませんでした」

「いや、謝るのは俺の方だ。君の家の事情を知っていたのに、無茶なことを言った」

ラインハルトから憂慮の視線を向けられ、ヘレーネの胸は苦しくなる。そんな心配そうな顔をしないで欲しい。こんなの全然、大したことじゃないから。

「そんな……ラインハルト様は悪くありません。この怪我だって、本当に私の不注意で」

「俺が浅慮だった。君のこともっと気に掛けるべきだったのにこの体たらくだ」

「いえ、本当に悪いのは私でっ」

ラインハルトの手がヘレーネの口に添えられた。

「……もう止《や》めよう。埒《らち》が明かない」

「はい……」

少しの間、二人の間に沈黙が落ちる。それを破ったのはラインハルトだった。

「……痛むか？」

ラインハルトがヘレーネの頬を撫でる。父に殴られた箇所だ。

「……少しだけ。でも、だいぶ楽になりました」

「だが、痛かっただろう？」

頬を撫でていた手は腕に移動していく。そこにもいくつも痣が残っていた。

「酷いな。俺の屋敷についたらちゃんと治療をしよう」

「あ、大丈夫、大丈夫ですから。慣れて、ますし……」

「慣れていても、辛いものは辛いだろう……？」

ヘレーネに触れるその指先と言葉はどこまでも優しい。久しぶりに感じた、人の温かさだった。

「周りから蔑《ないがし》ろにされて、虐《しいた》げられて、捨て置かれて、平気なわけがない。さぞ、辛かっただろうに。よく頑張ったな」

そんな風に優しく触れないで欲しい、そんな優しい言葉をかけないで欲しい、ヘレーネはそう思った。だって、そんなことをされたら、もう耐えられない。

「あ、わ、わた、し……」

こみ上げた涙を抑えることが出来ず、そのままぽろぽろと流してしまう。両親に暴行を受けた際にも出なかったのに。

そこで彼女はようやく自分が不安だったこと、惨めだったこと、苦しかったことを自覚した。

「い、痛かったです、怖かった……だれ、も……わ、わたしの話、ひっく、きいて、くれなくて……」

「そうか」

「わた、し…ひっ…なにも、なにもわるいこと、んん、してないのにぃ……ううっ」

「我慢するな。ここにそれを咎《とが》める者などいない」

抱き寄せられ、その胸の中でヘレーネは声をあげて泣いた。

そうしてラインハルトの屋敷に迎え入れられたヘレーネは、それまでとは大きく変わった日々を送ることになった。まず彼女が寝泊まりするようになったのは暗くて汚い屋根裏部屋ではなく、明るくて綺麗な部屋になり、寝台は寝心地が良すぎて逆に落ち着かないぐらいだ。怪我の治療をしてくれたうえに、服だって家から持ってきた分だけではなくいつの間にか増えていて、さらに美味《おい》しい食事も与えてくれる。まさに至れり尽くせりで、感謝と同じぐらい申し訳ない気持ちだ。

けれど、恩返しをしようにもヘレーネに出来ることなどたかが知れているし、逆に迷惑をかけてしまう可能性が高い。だからせめて、邪魔にならぬように大人しく過ごしている。

「いい天気ね、シャイン」

「にゃあ」

ヘレーネはシャインを連れて庭へ散歩に出ていた。町から離れているからか、静閑《せいかん》とした空気に柔らかい日差しが心地いい。

後ろには侍女が一人控えているものの、彼女はヘレーネ達から一定の距離を保ち決して会話に加わることはない。一切の感情を見せず、空気のような存在感を持つ彼女は使用人としてかなり優秀だ。彼女だけではなく、他の使用人達も同じようなものなので、ここではよほど高い教育を施しているのだろう。ヘレーネのところとは雲泥《うんでい》の差である。勿論、使用人だけではない。今散歩している庭や彼女が寝泊まりしている屋敷だって隅から隅まで彼のセンスが光り、手入れが行き届いている。

（もう一つのお屋敷にはお邪魔したことがないけれど、そっちも同じように素敵なんだろうな）

ラインハルトは屋敷を二つ所有していた。一つは自分が生活するのに使うもの、もう一つは仕事や客人をもてなす為の屋敷らしい。ヘレーネがいるのはラインハルトが生活するのに使っている方だ。あちらは人の出入りが多くて落ち着かないだろう、という配慮である。

「あの、ラインハルト様は今日、いつ頃戻られるかご存知ですか？」

「はい、ラインハルト様のご帰宅予定は昨日同様遅くなるものと思われます」

よどみなく答える侍女の言葉にヘレーネは少し肩を落とす。

「そうですか……」

「はい、ですから昨日と同じく夕食は先に済ませて構わないとのことです」

ここの使用人達はみんな優秀だ。だが、優秀すぎて人間味を感じない。私語を慎むどころか、話しているところさえヘレーネは見たことがなく、淡々と職務を全うするその姿をまるで人形のようだと感じることすらある。

「ヘレーネ様、そろそろお屋敷にお戻り下さい。怪我が良くなったとはいえ、万全とは言えません。

ここで体調を崩されますと、学業にも影響が出てしまわれるかと」

「はい、わかりました」

だけど、こうして何かと気を遣ってくれるのでヘレーネには嬉しい存在だった。彼女達からしてみればあくまで仕事だとしてもだ。

(でも、恥ずかしい話、この人達の区別がつかないのよね……皆特徴がないというか、同じような顔に見えちゃう……)

今目の前にいる人物でさえ会ったことがあるのか、それとも今日初めて会ったのか、わからない。元々人の顔を覚えるのは得意ではないが、こうも記憶に残らないなんて、どうしてしまったのだろう。

申し訳ないので何とか見分けがつくようになりたいのだが、その道のりは遠そうだ。


「ラインハルト様、こちらが先ほどの件の書類です」

「ああ」

部下から渡された紙に書かれていることを確認し、サインをする。

「それからこちらが治水工事の要望書で、こちらは以前手配された賊についての報告書になります」

「ありがとう」

次々に渡される紙の束をラインハルトは迅速《じんそく》かつ正確に処理していく。

「治水工事は放っておけば作物の収穫にも影響するから早急に着手する。試算を計上しておいてくれ。賊についていては――」

全ての判断、結論を一人で出し、部下に指示を出す。実を言うと、その気になればラインハルトは一人で治水工事を終え、賊を捕まえることだって出来る。しかし、個人がそんなとんでもない力を持ってると知られれば面倒ごとは避けられないし、領民に仕事を与えるのも領主としての仕事だ。

「今日はもうこれで終わりだな」

「はい、馬車の手配をいたします」

部下が部屋から出て行ったのを見送って、ラインハルトは体を大きく伸ばした。部下に任せる仕事を増やせば自分の仕事が減ることも理解しているが、そうしようと思ったことは一度もない。

部下が優秀で真面目《まじめ》な男であることは知っている。しかし、人間なんていつ心変わりするかもわからないのだから用心はしておいた方がいいだろう。

(早く屋敷に帰りたいものだ……)

あそこにいるのは『暗影の下僕』で生み出した傀儡《くぐつ》だけだ。あれらは決して自分を裏切らず、騙《だま》さず、貶《おとし》めない。世界で唯一、ラインハルトが安心出来る場所。あそこに他人を立ち入らせたくなくて、わざわざ屋敷を二つ建てたのだ。

(……彼女は夕食を食べただろうか)

不意に頭に浮かんだのは少し前から自分のところで預かっている少女の顔。シャインの視界から彼女がどういった状況に陥《おちい》っているか悟った時は、金をちらつかせて助けたが、あれは必要経費である。

あの二人は小悪党ゆえに慎重で、見返りが少なくとも危険性が少なくなるよう気をつけているようだが、あれだけの金を一度に渡せば一気にタガが外れてしまうだろう。そうすれば、金を求めるあまり危険性が目に入らなくなる。あとは自滅するのを待つだけだ。

ヘレーネもこれでますます自分に逆らいにくくなるだろう。両親の自滅に万が一巻き込まれたとしてもどうにかするつもりだ。その後は……

「ラインハルト様。馬車の準備が整いました」

「ああ、わかった」

部下の言葉にラインハルトは思考を打ち切り、席を立った。


「ヘレーネ様、ラインハルト様がお帰りになりました」

「はい、今行きます」

使用人からかけられた声にヘレーネはすぐに席を立つと玄関に向かった。見苦しい姿にならないよう気を付けながら、けれど少しでも早くと急く心に命じられるがまま足を速める。

「おかえりなさい、ラインハルト様」

「……ただいま、ヘレーネ」

出迎えに来たヘレーネに応じるラインハルトはどことなくぎこちなかった。まるで慣れていないことを自然に振る舞おうとしているようであったが、ヘレーネはそれに気づかない。彼女とて、誰かを出迎えたり出迎えられたりなんて慣れていないのだ。

「今日は夕食を食べていないのか。先に食べていていいと言っただろう」

「ごめんなさい、その……やはり、家主より先に食事をするのは、少し気が引けて」

ヘレーネの口から出た言い訳は本当だが嘘《うそ》でもある。彼より先に食べることに後ろめたさを感じるのは確かだだが、それ以上に本当の理由はラインハルトと一緒に食べたかったのだ。けど、それを言ったところで彼を困らせるだけだろう。

「まあいいか。すぐに食事を用意させよう。俺も君とゆっくり話したいと思っていた」

「はいっ……！」

その言葉に、大した意味が込められていないと分かっていても、ヘレーネの心は喜びで満たされた。

広い部屋で二人きりの夕食。けれど寂しさも気まずさもない。しばらく二人で黙々と食事に舌鼓《したつづみ》を打っているとふいにラインハルトが声をかけた。

「そろそろ休みが明けるな」

「あ、はい、そうですね」

「何か必要な物や不足している物はないか？　あったら遠慮なく言ってくれ」

「そんな……もうこんなにお世話になっているのに、望む物なんてありません」

これ以上高望みするようならそれこそ天罰が下りそうだ。あの家から連れ出してくれただけで、一生の恩なのに。

「ラインハルト様こそ、なにかして欲しいことはございませんか。私、なんでもします」

口ではそう言いながら、ラインハルトはきっと何も頼まないだろうなと思った。

学力も魔力も運動能力も地位も財力も、何もかもラインハルトの方がはるかに上回っているのだ。

ヘレーネに出来ることが、ラインハルトに出来ないわけがない。だから、彼の反応は意外であった。

「そうだな……今は無理だが、近い将来頼みたいことがある」

「え？」

その言葉に驚きを隠せないヘレーネにラインハルトがかすかに微笑む。

「なんだ、冗談だったのか？」

「い、いいえ、違います！　なんでも言って下さい！」

「ああ、ありがとう」

慌《あわ》てて言い募《つの》るヘレーネにラインハルトはますます笑みを深めた。

「それで、あの、頼みたいことというのは？」

「今はちょっと言えないな。時期が来たら話す」

そう告げるとラインハルトは食事を再開した。

ヘレーネもそれ以上、追求することはせず、一体なんだろうと内心首をかしげながらサラダを口に運んだ。

5章　ヒロイン登場

新しい教室の中でヘレーネは強い緊張感を覚えていた。

（いよいよこの時がやってきたのね……）

ある人物とようやく会うことが出来る。

（大丈夫かな……声、かけられるかな……仲良くなれるかな……）

ヘレーネの頭をそんな不安が占拠する。とうとう、ヒロインが学園にやってくるのだ。

魔力の暴走を起こした彼女は、元の学校では対処出来ないからと転校することになり、そしてラインハルトが彼女に興味を持って……

それから先を、ヘレーネは考えないことにした。

こっそり周りを窺《うかが》う。入学した当初はクラス全体がピンと張り詰めたような空気だったが、流石《さすが》に二年目となるとそういったこともなく多くの者が友人とのお喋《しゃべ》りに興じていた。

（ニコラス君にアンリ君、シリウス君もいるし、担任はユージーン先生……やっぱり、みんな揃《そろ》っているのね）

間違いなく、ヒロインはこのクラスに入ってくるだろう。ヘレーネのやるべきことは、まずその子と仲良くなること。それから、ラインハルトにその子を紹介すること。

その為《ため》にはまず、こちらから声をかけなければならないが、人見知りのヘレーネには重い課題だ。

（とにかく頑張らないと。大丈夫。私なら出来る。きっと、出来る。うまくいく。大丈夫）

自己暗示をかけているとユージーンが一人の見知らぬ少女と共に教室にやってきた。

「皆さん静かに。席について下さい」

教室にざわめきが起きるが、ユージーンの言葉で落ち着きを取り戻す。だが、彼らの眼差《まなざ》しは相変わらず少女に向けられたままだ。ヘレーネもその一人である。

（……なんて可愛らしい子なんだろう）

転校生を見てまず思ったのがそれだった。

桃色のボブヘアに透き通るような水色の瞳。陶器のように白く滑《なめ》らかな肌。まさしく美少女だ。

「彼女はエリカ・ノーランさんといいます。今年から皆さんと一緒に学ぶことになりました。皆さん、仲良くして下さいね。エリカさん、挨拶《あいさつ》をお願いします」

「はい。初めまして、今日からここの生徒になりましたエリカ・ノーランといいます。よろしくお願いします」

その唇から響く声もまた可憐《かれん》だった。同じ女性なのに、思わず見惚《みと》れてしまいそうだ。それだけの魅力が彼女にはある。

（この子が、ラインハルト様と結ばれれば、ラインハルト様は助かる……）

握りしめた手から痛みを感じたが、見て見ぬふりをした。

「あの、エリカさん」

休み時間、ヘレーネは思い切ってエリカに声をかけた。彼女が珍しくすぐ行動を起こしたのは、こんなに可愛い子ならきっとすぐ同級生とも仲良くなって自分では近づくことも出来なくなると焦ったからだ。実際は、魔力の暴走を起こしたという噂《うわさ》と、彼女自身が顔を俯《うつむ》かせ周囲を拒絶するような雰囲気を出していた為、むしろ関わり合いになりたくないと遠巻きにされていた。

「……なんでしょう？」

「えっと、ここに来たばかりでまだ詳しくないんですよね？　それで、その、よかったら私、案内しましょうか？」

「え……？」

エリカの暗かった目が驚きで丸くなる。

「それは嬉《うれ》しいけど……でも、迷惑じゃ……？」

「ぜ、全然迷惑なんかじゃないです。今日の放課後はどうでしょうか？」

「えっと……それじゃあ、よろしくお願いします」

「はい、こちらこそ」

約束を取り付けられ、ヘレーネは内心飛び上がるほど喜んだ。最初の難関である声をかけることが、こうも簡単に突破出来るとは思わなかった。

席に戻ったヘレーネはさっそく、学園案内のイメージトレーニングを行うことにした。

「そこにあるのが食堂で、あそこに見えるのが闘技場です」

放課後、ヘレーネはエリカに学園を案内した。案内しているうちに思ったが、やはりこの建物の構造はわかりにくい。ある教室に向かうには階段を下りて、上がるという頭をかしげるような道順を通らねばならない時があるし、廊下がいくつも分かれている場所は案内板をつけるべきだ。

「うーん、なんだかわかりにくいな。この歳《とし》で迷子になっちゃいそう」

「……そうですね」

入学初日に迷った生徒もいるから大丈夫、とは言えず、あいまいな表情を浮かべた。

学園案内もいよいよ終盤になり、ヘレーネの両手に汗がにじむ。向かうのは第三図書室。

「さっき案内した第一図書室と第二図書室の他に、もう一つ図書室があるんです。そこは、二つと違ってほとんど人が使っていないんですけどね」

ヘレーネはそこを一年間ほど使っているが、ラインハルト以外の人物と出くわしたことがない。きっと第三図書室の存在自体知らない生徒も多いだろう。あそこは「いらない」と判断された不用品の掃《は》き溜《だ》め。だけれど、ヘレーネにはラインハルトとの思い出が詰まった大切な場所だ。

本当なら、誰にも踏み入って欲しくない。

（でも、我慢しなきゃ……）

欲望の赴くまま振る舞ったとして、その代償を払うのは自分ではないのだ。

そう自分に言い聞かせ、ヘレーネは第三図書室の扉に手を伸ばした。

「ああ、遅かったなヘレーネ。待って、たぞ……」

すでに待っていたラインハルトはヘレーネ以外の存在に気づき目を丸くした。それに気づかぬふりをしてヘレーネはエリカを室内に入れる。

「ラインハルト様、彼女は今日私のクラスに転入してきたエリカ・ノーランさんです。エリカさん、この人は一つ上の学年のラインハルト・カルヴァルス様。私がいつもお世話になっている方です」

「は、初めまして」

「ああ、初めまして」

互いに挨拶しあう二人だが、その様子はどこかおかしい。

本来、人の顔をじろじろ見つめるのは行儀がいい行為ではない。ラインハルトは勿論《もちろん》、今日会ったばかりのエリカも、そのような礼儀知らずではないことはわかっている。なのに二人は今、互いの顔から目を離せないでいて、その間には不思議と他者を踏み込ませない空気が流れている。

そこにどんな感情があるのかヘレーネにはわからない。少なくとも不快感や不信感は見当たらないが、それ以上のことは判断がつかない。戸惑いを覚えるも、心のどこかでヘレーネは納得する。

(そうか……ラインハルト様はエリカさんに一目惚れをしたのね)

何も不思議なことではない。何せ二人は乙女ゲームのヒロインと攻略対象なのだから。

足下が崩れるような感覚に目眩《めまい》を覚える。今すぐ、二人の間に割って入ってしまいたい。

でも、それは出来ない。だけど二人をそれ以上見ることは耐えがたく、ヘレーネは顔を俯ける。

(わかっていた……わかっていたことなのに……)

今、彼女は痛烈に自分の恋の終わりを実感していた。わかっていたことだ。自分の恋が実らないことなど。それでも、目に涙が溜まっていくのを抑えることが出来ない。

このまま零《こぼ》れ落ちてしまう前に、ここから立ち去るべきかと逡巡《しゅんじゅん》していると、ラインハルトが彼女の様子に気づいた。

「どうした、ヘレーネ」

「え？」

「……様子がおかしいが、どうかしたのか？」

顔を上げればラインハルトだけではなく、エリカも心配そうにヘレーネを見つめている。

「な、なんでもありません……その、久しぶりの学校だから、少し疲れてしまったんです」

咄嗟《とっさ》に出た方便だが、疑う者はいなかったようで、エリカは「大丈夫？」と心配そうな顔をし、ラインハルトも「今日はもう帰って休んだ方がいい」と告げた。

「そう、ですね……今日はもう休ませて貰います」

その言葉に甘え、ヘレーネはエリカと共に第三図書室から退室した。

「ヘレーネちゃん、大丈夫？　辛《つら》くない？」

心配そうなエリカにヘレーネは罪悪感を刺激されながら頷《うなず》く。

「ええ、大丈夫です。心配しないで」

「でも……もしかして、私に学園を案内したから余計に疲れたんじゃ」

「違います！　本当に、大丈夫ですから」

ヘレーネの様子がおかしい原因は疲労ではなく、勝手に嫉妬して傷ついて落ち込んでいるだけなのだから、エリカが責任を感じる必要など一片もない。だが、それを伝えることは出来ずヘレーネは話題を逸《そ》らすことにした。

「ところで学園の構造は大体わかりましたか？　とても簡潔にまとめてしまいましたから、わかりにくかったら言って下さい」

「ううん、大丈夫。今日は本当にありがとうね。とても助かったよ」

エリカはヘレーネに純真な笑顔を向ける。その笑顔が、ヘレーネにはとても眩《まぶ》しい。

「……あの、ラインハルト様のこと、どう思いました？」

「え？」

きょとんとするエリカにヘレーネはあらかじめ用意しておいた台詞《せりふ》を口に出す。

「いや、その……私、ラインハルト様にいつも魔術を教わってて、エリカさんもよかったら一緒にどうかなって思って……」

「……でも、私の魔力は高すぎるから……ちょっと危ないと思う」

「だったら、他の勉強でもどうですか。ラインハルト様、とても頭がいいし、人に教えるのも上手だから、決して損じゃないです」

「でも、お邪魔じゃあ……」

「そ、そんなことありません！　ぜひ！」

戸惑い気味のエリカだが、ヘレーネの強引な勧めに飲まれ、「それじゃあ、少しだけ」と受け入れた。

「よかった、ラインハルト様もきっと喜びます」

「そうかな？」

「そうですよ」

なにせ一目惚れした少女と一緒にいられるのだから。

エリカの方も、ラインハルトを見つめていたから、きっと満更でもないはず。

(待っていて下さい、ラインハルト様。ヘレーネがラインハルト様の恋を必ず成就させてみせます)

それで、幸せになった彼を遠くから見守っていければ、自分はそれでいいのだ。

痛む胸を無視しながら、ヘレーネは自分にそう言い聞かせた。

■■■

ラインハルトとエリカを引き合わせて、後日ラインハルトにエリカにも勉強を教えてくれないかと頼んだところ驚きながらも了承してくれた。こうして、ヘレーネとエリカは共に彼から指導を受けることとなったのだ。とはいえ、魔術に関しては本人が言っていたように高すぎる魔力のことと、ラインハルトの闇属性とエリカの光属性は相性が悪いことが理由で実施はなし。あくまで知識を深めるのみで、あとは他の教科を学ぶことになった。

一緒に机を並べて、エリカが本来は明るく人当たりのいい性格なのだと知る。

どこか人を拒絶した雰囲気を出しているのは、彼女が前の学校で起こしてしまった事故がトラウマになっているのだろう。前世の記憶により、そのことを知っているヘレーネはそれを刺激しないようにしつつ、穏やかな時間の中で本当の意味で彼女に友愛の情を抱くようになっていた。

「では、今日の授業はスケッチをしてもらいます。ここにある物を貸しますが、数に限りがあるので、四人から六人ぐらいのグループで一つ描いて下さいね」

美術講師の言葉に、ヘレーネは軽い絶望感を覚えた。『自由にグループを組んで下さい』という言葉は、前世からの鬼門である。だが、今は隣にエリカがいる。それだけでヘレーネは非常に心強かった。とはいえ、どちらにしろ二人だけでは駄目だ。他のグループに入れて貰わなければならない。

「ど、どうしよう？」

「そうだね、どこか人数の少ないところに入れてもらおう」

二人がそう話していると不意に声をかけられた。

「ねえ、もしかして君達二人だけなの？」

振り向くとそこには人好きそうな笑みを浮かべているアンリと、同じようににっこりと笑うニコラスに仏頂面なシリウスが立っている。

「よかったら俺達と一緒に描かない。俺達も人数が足りなくて困ってたんだ」

アンリの申し出はまさに渡りに船であった。

「ええ、よろしくお願いします」

ほっとしたようなエリカとは裏腹にヘレーネは複雑である。出来ればエリカにはあまり攻略対象と接触して欲しくないが、ここで断るのは不自然であるし、他にグループに入れてくれる当てもない。せめてもの悪あがきとしてエリカと攻略対象達の間の席に座る。しかし、いざ始まってみるとエリカはヘレーネと、アンリ達三人は三人で話すことの方が多かった。

(そうか、そうだよね。近くに友達がいるなら、友達と喋るよね)

同じグループ故、それなりに話すがその程度だ。これなら気に病むほどではないだろうと判断したヘレーネは肩の力を抜き、スケッチブックに集中する。彼女達が被写体として選んだのは可愛らしい天使の像だ。複雑な造形や装飾はされていないのに、実際に描いてみるとこれがなかなか難しい。

可愛らしい天使が、スケッチブックの中では頭でっかちで、なんとなく不細工に見えてしまう。直したいのだが、どこをどう直せばいいのかわからず、ヘレーネの鉛筆は止まる。

どうしたものかと悩んでいるとエリカはどんどん筆を滑らせていることに気づき、どんな絵になっているのか興味がわいた。

「ねえエリカさん、いまどこまで描けました?」

「一応、ここまでかな」

そう言ってエリカが見せてくれたスケッチブックには繊細なタッチで描かれている天使がいた。

「わあ、すごく綺麗《きれい》」

「そ、そんなことないよ」

ヘレーネの褒め言葉に、エリカは顔を赤くして照れる。

「もしかして、エリカさんは将来、画家を目指しているの？」

「ううん、絵を描くのは好きだけど、画家になろうとは思ってないかな」

「そうなんですか？　せっかく上手なのに、もったいない」

「ありがとう。でも、私の夢は決まってるから」

エリカの言葉に好奇心が刺激されて、「どんな夢ですか？」と聞くと、彼女はにっこりと笑って、けれども真剣な目で口を開いた。

「私ね、医者になりたいの」

「医者に？」

「そう。治癒術は怪我《けが》とかは治せるけど、病気は治せないじゃない？　だから、医者になって、治癒術も勉強して、怪我人も病人も助けられるような人になりたいんだ」

すごいな、とヘレーネは素直に思った。彼女が勉強に熱心なのは知っていたが、医者になりたいからだとは知らなかった。ゲームでそういう描写もあったかもしれないが、覚えていない。

「エリカさんならきっとなれます」

これは世辞で出た言葉ではない。

「ありがとう。ヘレーネちゃんの夢は？」

「え？」

「だから、ヘレーネちゃんの夢は何？」

言葉に詰まった。将来の夢。そんなもの考えたこともなかった。

なぜなら自分は修道院行きが決まっているからだ。けれどもし、それ以外に道があるのなら、それ以外に未来があるのなら、望むことを許されるのなら……

「私は、好きな人と結婚することかな……」

エリカと比べれば、あまりにも小さすぎる夢である。けれど、彼女は笑わなかった。

「へえ、いいね。ヘレーネちゃんならきっと素敵なお嫁さんになれるよ」

「……ありがとう」

ヘレーネはエリカを友達だと思っている。だからこそ後ろめたく、心苦しい。

自分がエリカに近づいたのは、ラインハルトを生き残らせる為だ。

もし、エリカとラインハルト、どちらか優先させなければいけないのなら、後者を選ぶ。たとえ、ラインハルトと結ばれた為に、エリカの夢が潰れることになろうとも変わらない。

いつの日か、エリカはヘレーネを恨むかもしれない。そう思うと背筋が冷たくなる。

都合のいい話だ。自分のいいように利用するくせに、嫌われるのが怖いだなんて。

「ヘレーネちゃん？　どうかした？」

「ううん、なんでもありません。早く絵を仕上げちゃいましょう」

「あ、そうだね。もうそんなに時間がない」

お喋りを中断し絵に集中するも、やっぱりヘレーネの天使は可愛くならなかった。

まるで、彼女の心を表しているかのようだった。

■■■

授業を終えたヘレーネはエリカと街に出ていた。ラインハルトの誕生日プレゼントを買う為だ。

「ねえ、何を買うかは決めてるの？」

「はい、本にしようと思います」

「ああ、ラインハルトさん、読書とか好きそうだもんね」

昨年と同じでは芸がないかもしれないが、下手《へた》なものを選んで困らせるよりマシだろう。

「でも、私ラインハルトさんの好みとかいまいちよくわからないな」

「それなら大丈夫です。以前、ラインハルト様が欲しいって言っていた本ですから」

嘘《うそ》である。実を言うと、プレゼント探しは一週間前から始めていて目星をつけておいたのだ。

それなのにわざわざ、エリカと一緒に買いに行くのは彼女とラインハルトの距離を縮める為。二人の仲はお世辞にも親密とは言いがたい。恐らく、いつもヘレーネが傍《そば》にいるからだろう。

その反面、美術の授業で同じグループになってから、エリカはシリウス達と、少しずつ仲良くなっていた。これは危険な兆候である。なので、誕生日という男女が親しくなるのにうってつけなこの日に、ヘレーネは二人の仲を進展させようと考えたのだ。

「あ、これです」

書店にたどり着いたヘレーネはお目当ての本を見つけ出し、手に取る。

「ねえ、それってどんな内容なの？」

「登場人物達が懺悔《ざんげ》室で自分の罪や悪徳を告白してるっていう設定の短編集です。物悲しい話や面白い話、それに後味の悪い話や気持ち悪い話とかいろいろあるんですよ」

「……後味の悪い話や気持ち悪い話？」

「はい」

例えば、仇《かたき》だと思って殺した相手が探し回っていた自分の親だったり、男が恋人の死体をベッドに寝かせたまま腐り落ちる様子を克明に観察したり、そういう話だ。

「……面白いの？」

「面白いですよ」

ヘレーネもそういう話は苦手だったけれど、ラインハルトが読んだ本を追っているうちにすっかり慣れてしまった。他にも数冊、ラインハルトが好きそうな本をピックアップして会計をすませる。

「それでおしまい？」

「ええ。あとは包装紙かリボンを買いに行こうかと」

「あ、それなら私、いい雑貨屋さんを知ってるよ」

こっち、と案内するエリカについていくと、こじんまりしているが品揃えが豊富な雑貨屋にたどり着いた。そこに並べられている品々に、つい目を奪われてしまう。

「わあ、これ可愛い」

「ね？　素敵でしょ」

動物モチーフのクリップやメモ帳、おしゃれなポーチを物色し、ひとしきり満足してから目的の物を探し始める。

「あ、これなんていいんじゃない？」

「でも、ラインハルト様ならこっちの落ち着いた色の方が好きだと思います」

「それだとちょっと暗すぎないかな？　誕生日なんだからもっと明るい色がいいよ。ほら、これなんてどう？」

「本当だ、これなら……」

ああでもないこうでもないと話しながら、満足いく物を見つけることが出来た。

同じようにリボンとカードを見繕い、二人は店を出る。

「ありがとうございます、エリカさん。おかげでいい物が買えました」

「私も楽しかったよ。明日の放課後渡すの？」

「はい、誕生会の前に第三図書室に寄ってくれるそうなんです」

「そっか。喜んでくれるといいね」

「はい」

エリカと別れたヘレーネはさっそく準備に取り掛かった。手紙に祝福の言葉と自分とエリカの名前を書いて、包装紙に包み、リボンをつける。これらの作業を、一つ一つ心を込めて丁寧に行う。

「……出来たっ」

そうして出来あがったプレゼントは我ながら綺麗に出来たと思った。

あとはこれをラインハルトに渡すだけである。彼は少しでも喜んでくれるだろうか。そうなら嬉しいが、仮にそうだとしてもヘレーネはそんな彼の姿を見ることは出来ない。何故なら……

「え？」

「ですから、私は用事があるので、エリカさんがラインハルト様にプレゼントを渡して欲しいのです」

翌日の放課後、さっそく第三図書室に行こうと誘うエリカに、ヘレーネは行けないと告げ、持ってきていたプレゼントを渡す。

「で、でも、今日はラインハルトさんの誕生日なんでしょ？」

「そうなんです。でも、どうしても今日は抜けられない用事が出来てしまったんです」

「用事って？」

「家の事情で、その……詳しいことは言えないんですけど」

「なら、また今度渡せば……」

「いいえ、ラインハルト様のお誕生日は今日なんです。絶対に今日、渡したいんです」

取り合う様子のないヘレーネにエリカは戸惑いの表情を浮かべる。プレゼント選びに誘った本人が、翌日になって突然、渡すのを押し付けてきたのだ。誰だって不審に感じるだろう。

しかし、ヘレーネとて引けない。

「お願いします。エリカさんにしか頼めないんです。どうか、ラインハルト様にこれを渡して下さい」

ヘレーネの必死な姿に折れたのか、エリカは困惑した様子のまま頷いてくれた。

「うん、わかった……ラインハルトさんには、ちゃんと伝えておくから」

「……ありがとうございます」

了承の言葉にヘレーネは安堵《あんど》の笑みを浮かべる。

「このお礼は必ずします」

それだけ言ってヘレーネは走り去る。目的地は、家族との待ち合わせ場所などではなく、寮室だ。

(ちょっと強引だったよね……でも、ラインハルト様とエリカさんを二人きりにするにはこうするしかなかったし……)

本当なら、二人の関係がうまくいくか見守りたかったが、万が一自分の存在に気づかれたら元も子もない。けど、きっとうまくいく。ラインハルトはとても要領がよくて人付き合いもうまい。そんな彼が気になる異性と初めて二人きりになれたのだから、何かしらの行動を起こすはず。お茶の約束ぐらいはするかもしれない。

「ふう……」

寮室に戻ったヘレーネは足下に寄ってきたシャインを一撫《ひとな》でするも、その心は重たいままだった。

(私、嫉妬してるのね……自分で仕掛けたことなのに、エリカさんとラインハルト様が二人きりだと思うと邪魔したくてしょうがない)

実際、うっすらと今から行けば間に合うだろうかと考えてしまっている。

「……魔術の練習しよう」

ヘレーネは落ち着かない精神を紛《まぎ》らわせる為、未《いま》だにこっそり続けている魔術の練習に励んだ。けれどやっぱり、成功することはなかった。


次の日、教室にやってきたヘレーネは真っすぐにエリカの元に向かい、昨日の探りを入れる。

「おはようございます、エリカさん」

「あ、ヘレーネちゃん、おはよう」

「その……昨日は、どうでしたか？」

「ああ、ラインハルトさん、ヘレーネちゃんがいなくて寂しがってたよ。今日の放課後、プレゼントのお礼が言いたいから来てくれって」

「そ、そうなんですか？　あ、いや、そうではなく……」

自分に会いたがってくれたのかと喜びかけたが、ヘレーネが聞きたいのはそこではない。

「例えば、思いのほか話がはずんだとか、仲良くなったとか、そういうことは……」

「え？　いや、別に普通だったよ。ラインハルトさん、すぐ誕生会に行っちゃったし」

「そ、そうですか」

その言葉に、ヘレーネは内心首をかしげた。ラインハルトは本当に何もしなかったのだろうか。とにかく、これ以上彼女に聞いても返ってくる答えは変わらなそうだ。

(まあ、いいか。放課後、ラインハルト様に会った時にちょっとお話を聞いてみよう)

楽観的にそう考えてヘレーネは授業の準備に移った。

放課後、第三図書室に足を運ぶと、そこにはラインハルトがすでに待っていた。

「ごめんなさい。遅くなりました」

「別にそれほど待っていない」

「ラインハルト様、一日遅くなりましたがお誕生日おめでとうございます」

「ああ、ありがとう」

ラインハルトに近づいて、ヘレーネは彼の様子が少しおかしいことに気づく。

(なんだか、ちょっと不機嫌……？)

一見すると普段と変わらないように見えるが、彼のまとう空気が少々冷たいような気がするのだ。

(もしかして、プレゼントが気に入らなかったのかしら……)

指先を唇に持っていき、不安げな眼差しを向けるヘレーネにラインハルトはゆっくりと口を開いた。

「一体、何を考えているんだ」

◆◆◆

口から出た声が、存外低かったことにラインハルト自身驚いた。

ヘレーネの顔を確かめれば、血の気が引いたように青ざめており、彼は内心舌打ちをする。

「すまない、昨日はエリカ君と一緒に祝ってくれると思っていたものだから、戸惑ってしまってな。

その理由を聞きたくて」

　今度は出来るだけ優しく声をかけるとヘレーネは安堵の表情を見せた。

「えっと……家、の用事です。ちょっと両親から頼まれごとをしまして」

「……そうか」

　それは昨日、エリカも言っていたことだ。しかし、それが嘘だと知っている。

　あの親がこの娘と接触した様子はないし、事実彼女は昨日ずっと部屋で勉強をしていた。

（……気に入らないな）

　昨日、すぐ誕生会に行こうと急《せ》きたててくるカトリーヌを口で丸め込み、なんとか待ち合わせ場所に向かったのに来たのはエリカ一人だけ。それも、来なかった理由はありもしない約束だという。

「なあ、本当に家の用事だったのか？」

「は、はい。そうです……」

「ふうん……」

　もしかしたら本当のことを言ってくれるかもしれないともう一度聞いてみたが、無駄だった。よほど言いたくないらしい。今まで他の誰かから嘘をつかれても傷ついたり腹が立ったりはしなかった。人が嘘をつくのは当たり前のことで、ラインハルトも数多くの嘘をついてきたし、これからもつき続けるだろう。それなのに今、彼は自分が腹を立てていることに気づいた。少しでも気を抜けば感情のまま彼女を問い詰めてしまいそうだ。

　それを理性で食い止めながら、何とか気持ちを落ち着かせようとするがうまくいかない。

（どうしてこいつは……）

　エリカを紹介しに来た時は、初めて出来た友達に浮かれているように感じ、微笑《ほほえ》ましくも思えたが、彼女にも勉強を教えて欲しいと頼んで来た時は驚いた。それから、二人きりになってもことあるごとに彼女のことを話して褒めたかと思えば、エリカに対してはこちらを持ち上げて、それがどういう意図なのか、気づいたのはしばらく経《た》ってからだ。

「なあ、一つ聞いていいか？」

「はい、なんでしょう」

「君は、俺とエリカの仲を取り持とうとしているが、なんでだ？」

「え……」

　ヘレーネの目が大きく見開かれる。気づかれているとは全く思っていなかったのだろう。

「え、いえ……あの……私、そんな」

「誤魔化《ごまか》すな」

　ひどく狼狽《ろうばい》する彼女に、普段なら優しい言葉の一つでもかけてやれるのだが、今はどうしてもそんな気持ちになれない。

「その……えっと、ラインハルト様、私は……えっと……」

「…………」

　助けを求めるような眼差しも今は黙殺する。それでとうとう観念したのか、顔を俯けながら、強く噛《か》んでいた唇を開いた。

「……ら、ラインハルト様が、喜ぶと、思って」

消え入りそうな声だったが、それは確かに彼の耳に届いた。

「俺が？」

「はい」

「どうして俺が喜ぶと思ったんだ」

「……ラインハルト様……エリカさんのこと、好き、みたいでしたから……」

「は？」

今度はラインハルトが驚く番だった。一体いつ、何がどうしてそうなったのか。

「ヘレーネ、何で俺が彼女のことが好きだと思ったんだ？」

「だ、だって……ラインハルト様、初めてエリカさんと会った時、彼女のことじっと見つめてたから、そうなんだって思って……」

「……ヘレーネ、それは違うぞ」

ラインハルトは溜息をついた。まさか、他の女と引き合わせて自分は距離を置いたその理由が、そんな勘違いだったとは拍子抜けにもほどがある。

確かに、エリカと初めて会ったあの時、ラインハルトは彼女の顔を見つめていた。だけれど、それは決して一目惚れしたとか、彼女が好みだったとか、そういうことではないのだ。

あの時、エリカの顔を見た瞬間、ラインハルトは奇妙な感覚を覚えた。まるで、幼い頃から付き合いのある人物と久しぶりに再会出来たかのような懐《なつ》かしさが胸に溢《あふ》れてきたのだ。どこかで会っただろうかと記憶を探ったが、どうしても見覚えがない。まるで喉に小骨が引っかかってしまったかのように、どうにも気になって、つい彼女の顔を見つめてしまったのだ。

あの感覚が一体何なのか、ラインハルトは未だにわからない。

けれど断じて、彼女に対して特別な好意を抱いているわけではないのだ。

「俺はエリカを女性として意識しているわけではない。あの時、彼女の顔を見入ってしまったのは、どこかで会ったような気がしたからだ。まあ、それは勘違いだったようだが」

だから余計な気を回さなくていい。そう告げるとヘレーネはじっとラインハルトを見つめる。

「どうした？」

「……それは、きっと、勘違いです」

「ん？」

「ら、ラインハルト様は、エリカさんのことが好きなんです」

「は？　いや、だから、さっきも説明しただろう。彼女にはそんな感情抱いていないと」

「そ、それは、ラインハルト様が自覚なさっていないだけです」

「どうしてそうなる」

面食らうラインハルトをよそに、ヘレーネの言葉はまだ続く。

「もし仮に今はまだ好きではなくとも、エリカさんと一緒にいる時間が増えれば、きっと彼女に惹かれるはずです」

「待て、なんでそんなこと思うんだ」

「それは、だ、だって、ラインハルト様はエリカさんを、好きになるんですから」

全くもって理由になっていない。自分がエリカを好きになるわけがないのに。

「ならない」

「なります」

「なるわけないだろう」

いつものヘレーネならとっくに引いているはずなのに、どうしてだか一向に引く様子がない。

いつになく強情な彼女に、ラインハルトの苛立《いらだ》ちはだんだんと募《つの》っていく。

違うと言っているのにどうして自分の言葉を信じない。自分以上に信用出来るものがあるのか。そんなに自分とエリカをくっつけたいのか。苛立ちは煮えたぎるような怒りに変わり、冷静な部分でそれを抑え込もうとするも、治まるどころかもっとひどくなった。そして、とうとう限界を超える。

「でも、でも、エリカさんのこと少しぐらいはいいなって」

「思ってないと言っているだろう‼」

口から怒号が飛び出て、手を近くの机に叩《たた》きつけた瞬間、しまったと思うも、もう遅い。ラインハルトの激昂《げっこう》を目の前で受けたヘレーネは押し黙ったかと思うと、じわじわと目に涙を溜めだした。

「へ、ヘレーネ、すまない、怒鳴ってしまって悪かった」

「……う、ぐ……」

「泣くな、頼む泣かないでくれ」

「ん、ぐ……ひっく……」

泣くのを耐えようとしているのか、顔を手で覆《おお》い声を押し殺すヘレーネだったが、隙間《すきま》からボロボロ零れ落ちるのは止められない。もしかしたら、さっきの言動で過去のトラウマが刺激されてしまったのかもしれない。彼女が親にされたことを思えば暴力的なものに過敏になるのは当然だ。

「ごめん、ごめんな。怖かったな。最低だ、俺は」

ラインハルトの言葉にヘレーネは首を横に振った。漏《も》れて聞こえる嗚咽《おえつ》や、震える背中が見ていられなくて、たまらず彼女の体を抱き寄せる。そしてその背中を、優しく撫でた。

しばらくしてようやく泣き止んだヘレーネは鼻をすすりながら「ごめんなさい」と謝罪した。

「俺の方こそ悪かった。許してくれ」

「ライ、ンハルト様、悪くありま、せん……わ、私が悪い、んです」

ヘレーネの目は赤くなっていて、それを苦々しく思いながら、まだ濡《ぬ》れている頬を少しだけ乱暴に指で拭《ぬぐ》う。どうにも彼女に対して感情の制御が上手くいかないことがある。

先ほども、しつこいと思ったが、怒るほどのことかと言えばそうでもない。そもそも、好きに思わせればよかったのだ。自分が誰を好きかなど。

（…………いや、やはり駄目だな）

それで面倒ごとになったらたまらないと、自分の思考に自分で否定を入れて、もう一度ヘレーネにも言っておく。

「……これでわかっただろう。俺は、エリカのことが好きなわけではない」

「………はい」

口ではそう言いながら、しかしヘレーネは信じ切れていないようである。ラインハルトは唇をぐっと噛んだ。そうでもしなければ、また彼女に余計なことを言ってしまいそうだったからだ。

（一体、どうしたら信じるっていうんだ……）

普段はよくまわる口が、どうしてだか、今回は上手く働かず期待は出来そうにない。

だがきっと、普段通り動いたとしても、ヘレーネは受け入れないように思えた。

（……ここは無理して押し通すより、時間をかけて信じ込ませるしかないか）

とはいえ、本当はそれも癪《しゃく》に障る。だが、先ほどの二の舞は絶対にごめんだ。

「今日は本当に悪かったな。また、明日」

「はい、失礼します」

ヘレーネが出て行き、第三図書室にはラインハルト一人になる。

（……何をやっているんだ、俺は）

ラインハルトは自分のしたことを思い返し、溜息をついた。

問い詰めて、怒鳴って、うろたえて、全くもってらしくない。

「……少し、頭を冷やすか」

風に当たる為、ラインハルトは外に向かった。

6章　転がる日常と交差する思惑

　勉強会にエリカを交えるようになってしばらく経《た》ったが、やはりラインハルトとエリカの距離が近づく様子はなかった。この世界はゲームではないのだから、必ずしもゲームと同じようなことが起こるとは限らない。現にヘレーネ自身はゲームのヘレーネとは全く違う存在だ。だからラインハルトがエリカを好きにならないのもあり得る話なのだが、正直、想像もしていなかった。

　だが喜ばしいことだ。ラインハルトがエリカを手に入れようとしないのであれば、自殺することもない。勿論《もちろん》これから先、何が起こるかわからないが、しばらくは平穏な日々が続いていくんだろうと、ヘレーネは漠然と思っていた。彼女は愚かにも、自分の向かう末路を忘れていたのだ。


　ヘレーネが朝の支度をしていると廊下から慌《あわ》ただしい足音が聞こえて、控えめなノックがされる。

「ヘレーネさん、今大丈夫ですか？」

「ユージーン先生？」

　ヘレーネがドアを開けると担任の姿があった。肩で息をし、いつになく焦っているようなその表情を見て、彼女の胸に不安が広がる。

「あの、どうかしましたか？」

「実はその……落ち着いて、聞いて下さいね」

「は、はい……」

ユージーンは呼吸を整え、ゆっくりと口を開いた。

「ご両親が逮捕されたそうです」


（……とうとう、この日が来たのね…………）

ヘレーネは窓の外をぼんやりと眺める。ユージーンの計らいにより、今日の授業は免除。生徒の出入りはおろか、近づくこともないであろう応接室にいるように言われた。

この世界はゲームとは大部分が違う。だが、ヘレーネはゲーム同様このまま学園を辞め、修道院に入ることになるのだろう。ラインハルトが死ぬ心配がないのであれば、ヘレーネがここに残ってやるべきことはない。けれど、未練はあった。

（……もう少し、ラインハルト様のお傍《そば》にいたかったたな……）

その時ドアが開く音が聞こえ、振り返ると、思いもよらなかった人物がいた。

「ラインハルト、様……」

「両親のことを聞いた。大丈夫だったか？」

ラインハルトはヘレーネに優しげな笑みを向け、彼女に歩み寄る。

「は、はい。大丈夫です。ユージーン先生がいろいろ気遣ってくれましたし」

「そうか。それはよかった」

去年、彼らを陥《おとしい》れると決意したはずなのに、結局何も出来ぬまま彼らは勝手に堕《お》ちて行った。

しかし、それはもうどうでもいい。もはや、あの二人が生きていても死んでいてもヘレーネには関係のない話である。ヘレーネはどのような経緯であれ、彼らが破滅したのならそれで満足出来た。あの人達に向ける唯一の感情は消え、残るのは何の感慨もない無関心だけ。

それに今は、そんなどうでもいい人達のことより大切なことがある。

「ラインハルト様、ごめんなさい。うちの領地、お渡し出来ればよかったんですけれども……」

ラインハルトはボルジアン家の領地を欲しがっており、ヘレーネとしても彼に任せられればとても心強いと思っていた。しかし、この現状ではどうなるかわからない。

肩を落とすヘレーネと目線を合わせるようにラインハルトは膝《ひざ》を折る。

「何を謝る必要がある。うまくいったじゃないか」

「え？　何がですか？」

「あの二人を追い出すことだ。これでもう、あの土地は君の物だ」

ラインハルトの言葉がどういうことかヘレーネは一瞬考え、そして思い至った。

「わ、私が領主になるってことですか？」

確かに、ボルジアン家の当主とその妻は捕縛されたが、その一人娘は残っている。そうであるなら、その娘が領主となるのは可能だろう。しかし、彼女は首を横に振る。

「そ、そんな、無理です。出来ません！」

「無理じゃない。俺がいる。俺が後見人になって、君を支えよう」

「だ、だって、私、罪人の子供ですよ？　誰も認めないでしょうし」

「君の親が罪人でも君は違うだろう。確かに口うるさく言ってくる連中がいるだろうが、そんな奴ら気に留める必要もない」

「財産だってどのくらい残っているか」

「それなら俺が出資してやる。何、これでも財力は持っている方だ」

「……領地のことなんて何も知りませんし、何も出来ません」

「最初は誰でもそうだ。大丈夫、俺がいろいろ教えよう」

「でも、でも……」

「まだ何かあるのか？」

いくつかの問答を繰り返すうち、ヘレーネはようやく気づいた。ラインハルトはきっと最初から自分を領主にするつもりだったのだろう。それで、自分を陰から操ればボルジアン家の領地はそのまま彼のものだ。彼の駒になるのは構わない。けれど、それでも彼女はどうしても受け入れがたかった。

「わ、私は、両親が何をしていたのか知っていました。それなのに、それを止めることも、告発することも出来ませんでした。そんな私が、領主になる資格など……」

両親のせいで苦しむ人がいることを知っていた。悲しむ人がいることをも知っていた。けれど、何も出来なかった。そんな人間が領主の椅子に座っていいのだろうか。

「なるほど……だが、罪悪感があるならなおのこと、君が領主になるべきだろう。次に領主になる者がどういう者か分からない以上、前より酷《ひど》い者が領主になる可能性だってある」

　確かにラインハルトの言う通りだ。その点、彼には能力も実績もある。言う通りにしていればそうまずいことにはならないだろう。しかし、ヘレーネの胸の不安は晴れない。

「そう、ですけど、でも……私……」

「大丈夫だ」

　震えるヘレーネの手を、ラインハルトはそっと握る。

「大丈夫だ、ヘレーネ。俺がついている。だから、なあ？」

「……はい」

　湖面に浮かぶ月のようなその瞳で、じっと見つめるのは卑怯《ひきょう》だとヘレーネは思う。彼の眼差《まなざ》しに抗《あらが》う術《すべ》を彼女は持っていないのだ。

「その、未熟者ですが、よろしくお願いします」

「ああ、任せてくれ」

　ヘレーネの言葉に満足したのか、ラインハルトは立ち上がる。

「それじゃあ、いろいろと準備があるから俺はもう行くが、安心して待っていてくれ」

「は、はい」

　歩き出そうとしたラインハルトだが、ふと何かを思い出したように立ち止まり、ヘレーネを見た。

「そういえば……君は領主を継がなかったらどうしようと思っていたんだ？」

「えっと、修道院に入ろうかと……」

「なるほど、修道院か……まさか、他の誰かを頼ったり匿《かくま》って貰《もら》おうとかは」

「えっ？　いませんよ、そんな人」

「そうか。ならいい」

そう言ってラインハルトは去り、一人残されたヘレーネは突然の展開に驚き、戸惑うばかりだ。しかし、これからも彼の傍にいられることに気づき、顔を赤らめた。

■■■

『エリカさんへ
手紙、出すのが遅くなってしまってごめんなさい。両親が罪人となり、ろくに挨拶《あいさつ》も出来ぬまま領地に戻った私に、手紙を出してくれたこと、とても嬉《うれ》しかったです。本当にありがとう。
出来ることなら、直接会ってお礼が言いたいのだけれど、夏休みが終わる頃まで学園に帰れそうにありません。もうすぐあるお祭りを一緒に回れなくて、残念です。お祭りではパレードや花火がとても綺麗《きれい》なのでぜひ楽しんで下さい。
領地のことですが、心配はいりません。ラインハルト様が後見人になってくれたおかげで大きな混乱もなく、なんとか運営出来ています。といっても、実際に仕事をしているのはラインハルト様で、私は何もしていないのです。ラインハルト様はご自分の領地と私のところの領地、二つも支えていて、本当にすごいです。私も早く手伝えるよう必死に勉強しています。

エリカさんは夏休みも学園に残っているとのことですが、どうしていますか？　エリカさんと会えなくて寂しいです。また、学園で会えるのを楽しみにしています。

ヘレーネより』

（……これでいい、かな？）

ヘレーネは書き上げたばかりの手紙を何度も読み返し、誤字脱字や、失礼な印象を与えないかも確認した。それで大丈夫だと判断した彼女は封筒に入れ、封蝋《ふうろう》を押す。

領主になる決心をしたヘレーネだったが、屋敷に戻ると予想以上の光景が広がっていた。まず、屋敷には誰一人いなかった。恐らく使用人達は両親が捕まった時点で逃げ出したのだろう。しかも彼らが退職金代わりにしたのか、屋敷中の部屋が荒らされ、金目の物はなくなっていたのだ。おかげで初日は片付けだけで終わってしまった。

「いかがされましたか、ヘレーネ様」

「あ、あの、手紙を出したくて」

「承知しました。ではこちらからお出ししておきます」

そう言って恭《うやうや》しく手紙を受け取るのはラインハルトが連れてきた侍女である。他にも多くの者がこの屋敷で働き、そのおかげでこの屋敷は以前よりずっと綺麗になっているのだ。とはいえ、相変わらず彼女達の区別がつかないのだが。

ヘレーネはそのまま書斎に向かう。手紙にも書いていたように彼女は領主として勉強をしているところで、その勉強をラインハルトに見て貰っているのだ。ラインハルトは二つの領主業に加え、彼女の勉強も器用にこなしている。要領が悪いヘレーネには絶対真似出来ない。

「ラインハルト様、失礼します」

「ああ、入っていいぞ」

声がしてからドアを開けるとラインハルトは書類が積まれた机に座っていた。屋敷から持ち出されなかった数少ない家具である黒塗りされた机は、本来ならヘレーネの父の持ち物だったのだが、ラインハルトが座っている方が様になっているような気がする。ヘレーネが使うのは勉強の為《ため》に運び入れられた小さめの机。そこに腰掛け、ラインハルトから出された資料を読みそのレポートを出すのが今の課題となっていた。専門用語などは辞書で調べ、それでもわからなければラインハルトに直接聞くか、もしくは頭を悩ませるヘレーネに気づいて彼が助言しつつ、時間は過ぎていく。

日が沈んで空が赤く染まりかけた頃、ラインハルトはペンを置き、小さく息を吐いた。

「……大丈夫ですか？」

その吐息からかすかな疲労を感じ取り、ヘレーネは思わず声をかける。

「ん、ああ大丈夫だ」

「少し休憩されてはどうです？」

「いや、その必要はない」

「でも……ずっと働き通しですよ」

これは今日の話ではない。ヘレーネと共にこの屋敷にやってきて以来、ラインハルトは一日も休まず働いている。彼の体が心配なヘレーネは少しでも休んで欲しかった。

「今、仕事を溜《た》め込むと後が大変になる。今は少しでも無理して片付けた方がいい」

「……はい」

そう言われるとヘレーネは引かざるをえない。ヘレーネでは仕事を肩代わり出来ず、彼が休んでいる間に溜まる書類は結局、彼自身がどうにかしなくてはいけないのだ。

結局、夜になってもラインハルトの仕事は終わらず、ヘレーネのみ今日はもう寝ることになった。

ベッドで横になったヘレーネはぼんやりとラインハルトのことを考える。

(ラインハルト様、ちゃんと食事はとっているのかな……)

もうずっと彼は書斎で食事を済ませている。ちゃんと味わえてはいないだろう。

(……このままじゃ、駄目だよね)

ラインハルトばかりに負担をかけ、何も出来ない自分が恥ずかしい。勉強の成果は少しずつ出ているが、今大変な思いをしている彼を手助けしたいのだ。ヘレーネはそっと寝室を抜け出し、書斎に向かう。ドアは閉じられていたがその隙間《すきま》には灯りが零《こぼ》れている。

(………よし)

小さく意気込んで、ヘレーネはある場所に向かった。

コンコン、と聞こえたノックにラインハルトは顔を上げる。

「ラインハルト様、あの、夜分遅くに申し訳ありません」

「ヘレーネか、どうした？」

入ってきた寝間着姿のヘレーネが持っているのは銀のトレー。その上にはリゾットとハーブティーが乗せられていた。

「や、夜食を作ったんです。その、お腹《なか》が減っていらっしゃるかと思って」

「夜食を？　そうか、いただこう」

机の上を軽く片付けてトレーを受け取る。

「美味《おい》しそうだな」

「……お口に合うといいのですけど」

緊張の面持ちであるヘレーネに笑いかけ、ラインハルトは匙《さじ》でリゾットをすくって口に入れた。

「うん、美味しいぞ」

「よかった……」

ヘレーネがほっとしたように微笑《ほほえ》む。

「君は料理が出来たんだな」

「ええ、まあ、少しだけですけど……」

昔、ごはんを食べさせて貰えなかったことがあり、夜中にこっそり自分で用意するしかなかった、なんて言えず適当に誤魔化したヘレーネは短い会話を少し交わして、自室に戻った。

彼女がいなくなった書斎で、ラインハルトはもう一度リゾットを口にした。米とチーズの他には調味料ぐらいしか使っていないシンプルなリゾットだが、夜食にはこれぐらいでいい。

そもそも、ラインハルトは食に対する興味が薄いのだ。不味《まず》いものより美味しいものを食べたいとは思うが、最低限栄養がとれて不味くなければ文句はない。

（リゾットか……別に好物でもないが、たまには悪くないものだな）

そう考えながらハーブティーにも手を伸ばせば、体の中が温かくなるのを感じる。

（……やはり、疲れが溜まっているか。わかっていたこととはいえ、少しばかりきついな）

ここの領主はお飾りとはいえヘレーネであり、ラインハルトはあくまで後見人兼代理人に過ぎない。

領主なら一枚で済む書類も代理人なら二枚、三枚と必要になる。それ自体は大した手間ではないのだが、それが全ての業務につくとなると、面倒くさいことこの上ない。ある程度ヘレーネの勉強が終わるまでこのままでいるしかないのだが、一つだけこの状況を一気に解決する方法がある。それは、二人が婚姻関係を結ぶことだ。最初から手段の一つとして考えていたが、春休みにヘレーネを引き取った頃から真剣に検討している。

どうせいずれは結婚しなくてはいけない身分。しかも利益になるばかりではなく、自分に従順で一緒にいて不快にならず、それなりに好感も持っている。こんな具合のいい相手は他にいない。

（それに、彼女も断らないだろうしな）

というより、断れない。彼女にそんな余地は存在しない。

カツン、という音に我に返る。見ればリゾットの皿が空になっていて、ハーブティーの方もいつの間にかなくなっていた。無意識に食べきってしまったらしい。ラインハルトは空になった二つの食器を重ねて机の隅に置く。先ほど食べたばかりなのに、どうしてだか名残惜しい気持ちである。それほどまでに腹が減っていたのだろうか。何気なしに、窓の外に目を向けるとそこには暗がりが広がっていた。今は見えないが、そこには庭があり、様々な花が咲き誇っていて、よくヘレーネがシャインを連れて散歩しているのを見かける。

（彼女は花が好きなのか？　もしそうなら、うちの庭にもいろいろ手配をしておくか）

ヘレーネの喜ぶ顔を想像すると、疲れた心が少しだけ軽くなったような気がした。

翌日、二人は馬車に乗って領地を巡っていた。名目上は領地の査察であるが、実際は挨拶回りである。街や村の有力者と顔を合わせて、挨拶をこなしていったのだが、やはりヘレーネに向けられる視線はよそよそしいものである。代わりにラインハルトに対しては誰もが丁寧に対応した。しかし、それはヘレーネにも理解出来る。誰だってただの小娘より実績のある人間の方が頼りに感じるし、実際に自分はラインハルトがいないと何も出来ない。

しかし、たとえお飾りでもヘレーネが領主であることに変わりはなく、前に出て対応しなくてはいけないことも多かった。初対面の人と会話をするというのはそれだけで彼女の気力を奪っていき、全てを終えて屋敷に戻る馬車の中で、ぐったりと背もたれに体を預けていた。

「大丈夫か、ヘレーネ」

「……はい、大丈夫です」

対してラインハルトは特に疲れた様子もなく、ヘレーネを気遣う。それがありがたくも申し訳ない。

「貴族である以上、こういった社交は必須だ。今は大変だろうが慣れて欲しい」

「はい……」

果たして慣れる日が来るのだろうか。そんな不安がよぎるが、きっと大丈夫だと思い込む。

そうでもしないと今すぐにでも、もうやりたくないと泣き言を吐いてしまいそうだったからだ。

「それにしても今日は本当によく頑張ったな。人前に出るのは苦手だろうに、それでも少しでも領主としての務めを果たそうとする姿はとても立派だったぞ」

「……ありがとうございます」

しかし現金なもので、そんな褒め言葉一つでヘレーネは気を持ち直した。

「だが、あの連中の態度は問題だったな。今回はまだ地盤が固まってないから見逃したが、いずれは何らかの処罰を考えなければ」

「え？　何か問題ありましたか？」

全員、ラインハルトには恭しかったとヘレーネは記憶している。しかし、彼は首を横に振った。

「どいつもこいつも、領主である君を差し置いて俺にばかりいい顔していただろう。あれは問題だ」

「でも、それも仕方がないですし……」

「駄目だ。なあなあで済ませるとこちらが軽んじられて、後でろくでもないことになる。厳しくすべきところは厳しくしなければいけない」

なるほど、とヘレーネは頷《うなず》く。踏み込んだことは聞けないが、恐らく経験があるのだろう。

「とにかく、今日はもうお終《しま》いだ。屋敷に戻ったらゆっくり休もう」

「はい」

その言葉にヘレーネは肩の力を抜くと、目蓋《まぶた》が重くなっていくのを感じた。

ラインハルトは事前に用意した資料に目を通し、今日会った人物達の情報を確認していく。

（こいつとこいつは、まあ優秀だからいいが……こいつは駄目だな。能力もそうだが、あからさまにヘレーネを馬鹿にしたような態度をとって……あとこっちも、正直使えない）

そんなことを考えていると、ふと視界の端でヘレーネの体が揺れているのに気づく。

「……ヘレーネ？」

見れば彼女はこっくりこっくり舟を漕《こ》いでいた。

「……」

起こさないように気をつけながらその体を自分に寄り掛けさせ、そっと外套《がいとう》をかける。

その寝顔は安らかでラインハルトは思わず口元を緩めた。

「あの時とは逆だな……」

脳裏に浮かぶのは自分が彼女の前で眠ってしまった時のこと。あの時はただ彼女にみっともないところを見せてしまっただけだと思ったが、逆の立場になると存外楽しいものだと気づく。

「おやすみ」

そっと囁《ささや》いてラインハルトはまた資料に目を落とす。

その後、屋敷について起こされたヘレーネは自分の状況を把握すると、小さな悲鳴をあげた。

■■■

エリカは学園の中庭にあるベンチに腰掛け、手紙を読んでいた。それは彼女の友人であるヘレーネから送られてきたもので、それを読み進める彼女の表情は穏やかである。

（よかった、元気そうで……）

彼女の両親が逮捕されたと聞いた時はどうなることかと思ったが、ラインハルトのおかげで大事には至っていないらしい。ふと、物音がして顔を上げるとそこには見知った人物がいた。

「よう」

「……こんにちは」

そこにいたのはシリウスだった。同級生だが、特別仲が良いわけでもなく、さりとて険悪な仲でもないので、どうしようかと悩んでいるとシリウスが先に口を開いた。

「その手紙、もしかしてヘレーネからか？」

「そうだけど……」

「どうなんだ？　大丈夫そうなのか？」

「うん、ラインハルトさんがいろいろ助けてくれてるみたいだよ」

「そっか、そりゃよかった」

そのままシリウスは去るものと思ったが、意外なことにエリカに近づいた。

「あんたは実家に帰らなかったのか？　ほとんどの生徒は帰郷してるのに」

「そっちだって学園に残ってるじゃない」

「騎士になるには鍛練が欠かせないんだ。戻ってる暇なんてない」

そう言ってシリウスは手に持っていた木剣を見せた。

「……私は、また魔力の暴走が起きたら不安だから……」

「魔力の暴走って、また起こりそうなのか？」

「ううん、ユージーン先生はそうそう起こらないって」

ユージーン曰《いわ》く、エリカの魔力は多すぎるらしい。魔力が急激に増幅したことにより本人の許容範囲を超え、外に漏《も》れ出てしまったのが暴走の原因だというのだ。だから、今のように適度に外に放出していれば、暴走はそう起きないとは言われた。しかし、可能性はゼロではない。

「だったら、そんなに不安がらなくていいだろ」

「でも、二回目がないなんて保証はないじゃない」

またあんなことが起きたら、そう思うとエリカの体は震えてしまう。

あの日は、少し体の具合が悪かった。体が熱っぽくて目眩を感じたものの、休むほどではないと感じたので学校に行った。ところが、体の熱はどんどんと高くなり、意識が朦朧《もうろう》としていき、それに気づいた友人が「どうしたの？　大丈夫？」と声をかけてきた時には、もう返事が出来なくなっていた。

そして、頭が真っ白になり気づいた時、目の前に広がる光景は滅茶苦茶《めちゃくちゃ》になった教室と倒れている友人の姿。もうあんなことは嫌だ。また誰かを傷つけるのが怖くて、それならいっそ誰とも仲良くならないでいようと思った。だけれど、やっぱり独りは寂しくて、辛《つら》くて。そんな中、周囲から遠巻きにされているのに声をかけてもらった時は、本当に嬉しかった。

「シリウスは、その、怖くないの？　私のこと……」

「別に、そんなこと思わない」

きっぱりとシリウスは言い切る。

「実を言うとな、一度あんたとは話してみたいって思ってたんだ」

「へえ、どうして？」

「あんた、医者を目指してるんだろう？」

一瞬、どうして知っているのかと思ったが、そういえば授業中にその話をしたことがあった。その時のことを覚えていたのだろうか。

「よく知ってるね。美術の授業の時、聞いてた？」

「まあ、たまたま耳に入ってたんだ。治癒術を修めるだけでも大変だろうに、医者の勉強までするんだから、立派だなって思ってな」

「あ、ありがとう」

そう真っすぐに褒められると、エリカはなんだか照れくさくなってしまう。

「だけど、俺はあんまり人付き合いが上手くないから、なかなか自分から話しかけにくくてな。だから、今日あんたを見かけた時はいい機会だと思ったんだ」

「そ、そう」

「うん、それじゃあ。俺は鍛練があるから」

「あ……」

引き止める間もなくシリウスは去ってしまった。

（……もう少し、話していけばいいのに）

夏休み中にまた話せる機会があるだろうかとエリカはシリウスが去って行った方を見つめる。


エリカが医者を目指すきっかけとなったのは、十年近く前の話だ。あの時、彼女は両親と一緒に故郷とは遠く離れた街に観光へ来ていた。そこでは何もかもが目新しく、幼い彼女は目を輝かせていたのだが周りの物に気をとられすぎて、気がつけば両親とはぐれていたのだ。

しかも、一人でいた彼女は突然現れた男に無理やり路地裏に連れていかれてしまう。彼女は抵抗するも逃げることが敵《かな》わず、もう駄目かと思ったその瞬間、一人の少年が現れたのだ。

エリカと同じぐらいの少年はなんとかエリカを助け出そうとするも、逆に男から蹴り飛ばされた。しかし、彼は何度も男に挑んだ。

立ち上がるたびにボロボロになっていくその少年を見て、エリカは彼が死んでしまうと思った。

幸いなことに、騒ぎを聞きつけてきた大人達のおかげで二人は助かり、男は捕まった。

けれど少年はひどい怪我《けが》をして、入院することになったという。

身をていしてでも助けようとしてくれた少年に、何も出来ないのがエリカには悲しかった。もし今度、あの少年と出会ったら次は自分が彼を助けたい。怪我や病気を治してあげたい。そう強く思った。

色褪《いろあ》せながらも、エリカにとって大切な記憶だ。

エリカは知らない。自分を庇《かば》ってくれた少年が、この時エリカを助けられなかった悔しさから騎士を目指したことを。そしてそれが今まで話していたシリウスだということも。

シリウスもまた、あの時の少女がエリカだと気づいていない。

二人がお互いの本当の出会いを知るのは、もっとずっと先のことである。

■■■

「一体どういうことか、説明して下さい！」

夏休みが終わり、学園にやってきたラインハルトであったが、待ち構えていたカトリーヌに捕まりそんなことを言われた。

「どういうこととは何のことだ？　それがわからなければ説明出来ない」

彼女の聞きたいことに気づいていながらラインハルトはわざととぼけて見せる。

「ボルジアン家のことです！　どうして貴方があの子の後見人になんか……」

「以前も言っただろう。あの家とは事業の話が進んでいて、浅からぬ縁があるんだ。放っておくことなど出来ない」

「それならいっそ修道院に入れればよろしいじゃありませんか！　あんな子を助けたところで何の得もありませんわ！　どうせ親同様、私利私欲に走るに決まってます！」

ラインハルトは内心舌打ちをした。

「彼女はそんなことしないさ」

「どうしてそんなことが言えますの⁉」

（……なんでいちいちそんなことを説明しなくてはいけないんだ）

少なくとも朝は悪くなかったはずのラインハルトの機嫌が下降していく。それはカトリーヌがヘレーネのことを言うたびに加速した。

「思えば前々からラインハルトの様子はおかしかったですわ。どうしてだか、私のことを避けているように思えましたし」

「そうだったかな？」

これは我ながら白々しいなとは思う。去年からたびたびヘレーネから何かされていないかとか、金銭の要求は受けていないのかとか探りを入れられるのにうんざりして遠ざけていたのは事実であるからだ。しかしここで、「はいその通りです」などと言えるわけがない。

「やっぱり、あの子が貴方の負担になっているのですね」

「……どうしてそうなる」

「だって、あの子が貴方に迷惑をかけているんでしょ？」

「違うさ、そんなことはない」

ラインハルトがヘレーネを迷惑だと思ったのは最初の頃のやたらとお礼をさせてくれとせがまれた時ぐらいだ。

「いいえ、我慢しなくていいのです。私には正直に言ってくれて構いませんよ」

「……」

　そう言えば、ヘレーネも以前ラインハルトが言うのを聞かずエリカのことを好きになると主張していた。人の話を聞かない相手との会話は腹が立ってしまうものだが、どうしてだか今のような不快感は覚えなかったなとラインハルトは思う。

「あの子ってとても感じが悪くて陰気で、傍にいるだけで気が滅入《めい》ってしまうでしょう？　だから私にはそんな気を遣わず好きなだけ甘えて下さいね」

「……」

「それにしても、親が捕まったっていうのにいつまで学園にいるつもりなんでしょう。あんな子がいたら学園の名前に傷がついてしまいますわ。さっさと退学してどっかに行ってくれないかしら。ふてぶてしく学園に居座るなんて、卑《いや》しい人だわ。あんな子がいるだけでどれだけ私達が迷惑をこうむることか……いっそ身一つで放り出してしまえばいいのです。寒空の下で飢えれば自分がどれだけ周りに酷いことをしたか、少しはわかるでしょう。ラインハルトもそう思いません？」

　カトリーヌは笑う。彼女は自分が正しいと信じ切り、ラインハルトが同意するものと疑わない。だからわからない。今、ラインハルトが憤《や》りを覚えていることなど。

「……それ以上ヘレーネを悪く言うのは止めてもらおうか」

「え……？」

　低い声で紡がれた言葉に、カトリーヌはぽかんとした表情を浮かべた。

「ラインハルト？　一体どうしたのです？」

「言葉のままだ。彼女を悪く言うのは許さないからな」

「そんな……」

「……気分が悪い。失礼する」

ラインハルトはカトリーヌに背を向けて歩き出す。カトリーヌは何度もラインハルトの名を呼ぶが、彼が振り向くことはなかった。

「どうして？　私は……ラインハルトの為を思って……」

呆然《ぼうぜん》と呟《つぶや》かれた言葉は誰の耳にも届かなかった。


ヘレーネは中庭の一角で久しぶりに顔を合わせることが出来たエリカと親交を温めていた。家のことや夏休み中の出来事、話したいことは沢山ある。そしてその中には、伝えなければいけないことも入っていた。

「それでね、ラインハルト様、仕事が忙しくなるから、もう勉強会は出来ないんです」

「そうなんだ。わかった」

二つの領地を抱えることになったのだからその話は当然であり、エリカもにこやかに受け入れた。

「それにしても本当に無事でよかったよ。学園を辞める羽目になるんじゃないかって思ってたもん」

「うん、私も正直そうなるかと思っていました」

思っていたというより、確信していた。ラインハルトが手を差し伸べなければ、間違いなく自分はここにいない。

「ほんと、よかったね。ラインハルトさんと離れずにすんで」

「え⁉　な、何をっ」

「ふふふ」

ヘレーネが驚くと、エリカは悪戯《いたずら》っ子のような笑みを浮かべる。

「それどころか、ずっと一つ屋根の下にいたんでしょ？　何か進展はあった？」

「ち、ちが、わ、私と、ラ、ラ、ラインハルト様はそそ、そんな関係じゃっ」

「本当に何もなかったの？　キスしたり、抱きしめられたりとかは？」

「ありません！　からかわないで！」

顔を真っ赤にして怒るヘレーネにエリカはごめんごめんと謝るが、どう見ても悪いと思っていない。

(と、というか、どうして私の気持ちを知って⁉)

本人は隠し通せていたと思っていたので衝撃的であった。

そんな会話をしている二人に近づく人物がいた。シリウスである。

「よう、二人とも」

「ああ、シリウス。こんにちは」

「お、お久しぶりです」

挨拶するとシリウスの目線が向き、ヘレーネの肩は跳ねた。しかしそれに気を悪くした様子もなくシリウスは口を開く。

「久しぶりだな。元気そうでよかった。アンリ達も気にしていたぞ」

「あ、ありがとうございます……」

学園に戻ってから時間は経っていないが、以前よりも冷たい視線を向けられ陰口が叩《たた》かれるのには気づいていた。もしかしたらシリウスにもそういう目を向けられるのではと一瞬不安になってしまったが、思い過ごしのようだ。

「シリウスは鍛練？」

「ああ。この時間はいつも人が少ないから備品がいろいろ使えるんだ」

「毎日毎日、頑張ってるわね。お疲れ様」

「好きでやってるからな」

二人の会話を聞きながら、ヘレーネは「おや？」と思った。心なしか、二人の距離が縮まっているような気がする。

「それじゃあな」

「うん、またね……って、ヘレーネちゃん？」

ヘレーネはエリカに意味深な笑みを向けた。

「ふふふ、エリカさんもシリウスさんと進展していたのですね」

「え？　違う違う！　シリウスとはただの友達でっ」

「あらそうなんですか？　まあ、そういうことにしておきましょう」

「だから、ちがっ……あ、もしかしてさっきの仕返し!?」

「さて、なんのことでしょう？」

中庭の片隅で、少女達の楽しげな声はその後も長いこと響いた。

■■■

それからまた時間が流れて、ヘレーネは学園に来てから二度目の誕生日を迎えた。

「ヘレーネちゃん、誕生日おめでとう」

「ありがとう、エリカさん」

エリカから手渡された可愛い包装用紙に包まれた箱をヘレーネは笑顔で受け取る。こうして自分の誕生日を祝ってくれる人は二人目になる。

（まさか、ラインハルト様以外からも祝って貰えるだなんて、去年からは想像も出来なかったな）

こうして誰かにおめでとうと言って貰えるのは本当に嬉しい。エリカの誕生日にはぜひ自分も良いプレゼントを用意しよう。それで卒業後もこうしてプレゼントを渡し合えたらどんなにいいだろう。

「ラインハルトさんとはこの後約束してるんだっけ？」

「はい。一緒に食事へ行こうと誘われているんです」

「へえ、よかったね。楽しんでおいでよ」

「はい！」

エリカに見送られながらヘレーネはラインハルトとの待ち合わせ場所に急いだ。勿論、エリカから貰ったプレゼントは大事にバッグにしまっておく。

しかし、慌てていたヘレーネは曲がり角に差し掛かった時、誰かとぶつかりそうになってしまう。

「あ、ごめんなさい……あっ」

謝罪したヘレーネだったが、相手の顔を見て思わず固まる。そこにいたのはカトリーヌだったのだ。

「……どこ見てるのです」

カトリーヌは親の敵《かたき》を見るような眼差しでヘレーネを睨《にら》みつけた。

「ご、ごめんなさい。その、失礼します」

ヘレーネは何度も頭を下げその場から逃げるように走る。だが、いつかのように彼女の突き刺すような視線はずっと背中から感じていた。

待ち合わせ場所につくとラインハルトがすでにいた。

「ごめんなさい。遅くなりました」

「いや、俺もさっき来たところだ」

肩で息をするヘレーネを落ち着かせるように微笑む。

「エリカ君から何か貰ったのか？」

「はい！」

嬉しそうにバッグからプレゼントを見せるヘレーネにラインハルトは「よかったな」と言った。

「それじゃあ、行くか」

「はい」

二人は連れだって街へ出る。こうして二人が街にでかけるのは去年の夏祭り以来だ。

「どこに食べに行くんですか？　去年、行ったところですか？」

嫌でも高まる胸を抑えながらヘレーネは問いかける。

「いや、そことは別だ。あと、そこに行く前に寄っていく場所がある。来てくれるか？」

「はい」

一体どこに行くのだろう？

不思議に思いながらもヘレーネはラインハルトの後をついていった。


「ここ、ですか？」

「ああ」

ついたのは高級感漂う服飾店であった。店先からして上品な佇《たたず》まいをしていて、生まれは貴族でも性根は庶民のヘレーネにはいささか敷居の高い店であった。

緊張気味にラインハルトと一緒に入ると、店員が二人に近寄る。

「いらっしゃいませ」

「予約していたラインハルト・カルヴァルスだ」

「はい。ご用件は承っております。こちらへ」

店員に案内されたのは店の奥にある個室だった。そこにはいくつもドレスやアクセサリーが並んでおり、そのどれもが美しく、可憐《かれん》でヘレーネは思わず目を奪われる。

「彼女を頼む」

「はい、かしこまりました」

「へ？」

ラインハルトが室内にいた女性店員に告げると、彼女はヘレーネを鏡の前まで案内する。戸惑うヘレーネがラインハルトを見ても、彼は微笑むだけだった。

「ら、ラインハルト様？」

「いいから、大人しくしていろ」

女性店員は室内にあるドレスからヘレーネに似合いそうなものをいくつか選んで持ってくる。

「お客様は好きな色などはございますか？」

「え？　いえ、特には……」

「では、どういったドレスがお好みでしょうか？」

「え、えっと……」

並べられるドレスはどれも素敵でその中から一つを選ぶなんて出来そうにない。

「これとこれと、あとこれのもっと色の明るいものはあるか？」

困惑するヘレーネの代わりにラインハルトが口を出す。

「はい、すぐご用意いたします」

女性店員が一度室外に出るとヘレーネはラインハルトに詰め寄った。

「ラインハルト様っあの、このドレスは？」

「ああ、実はこれから食事に行くところはドレスコードがあるんだ。だからここで服を買っていく」

「そ、そんな、お金はっ……」

「心配するな。これぐらいは俺が出す」

「い、いえ、そういうわけには」

「君はろくにドレスを持っていないだろう。貴族として社交に出るには絶対に必要なものだ。いい機会だからいくつか買っておこう」

「でも……」

「今日は君の誕生日なんだ。これぐらい受け取っておけ」

そう言われてもただで貰うのは申し訳なく、だけれど彼女には自分で出せる金銭などない。

「どうしても気になるようなら、少しでも多く勉強して早く仕事を手伝ってくれないか」

「……はい、ありがとうございます」

それから女性店員が戻ってきて、ドレスをいろいろ選んだ後アクセサリーや靴も購入し、ラインハルトも頼んでおいた服に着替え、二人は店を出た。馬車に揺られながら向かったレストランは以前二人で食事した場所よりも格式高く、ヘレーネは服飾店の時以上の緊張を感じてしまった。

ラインハルトはここでも予約を入れていたらしく、二人が案内されたのは夜景の美しい個室である。ここはコース料理を出すお店のようで、椅子に座って待っているとどんどん料理が運ばれて来た。美しく盛り付けられたそれらは、勿論のごとく味も素晴らしい。

「味はどうだ？　口に合えばいいんだが」

「とても美味しいです」

「そうか。よかった」

ラインハルトと二人きりで美しい夜景を見ながら美味しい食事に舌鼓《したつづみ》を打つ。なんて素敵な時間なのだろう。噛《か》み締めるように食事をすすめるヘレーネだったが、時間はあっという間に過ぎてしまい、ついにデザートがでてきて、もうすぐこの時間が終わることを告げていた。

「ヘレーネ」

頃合いを見てラインハルトはこっそり持っておいた箱を渡す。

「誕生日おめでとう」

「え、あ、ありがとうございます」

それを受け取ったヘレーネは驚いた。ドレスやこの食事が誕生日プレゼントだと思っていたからだ。

「開けてごらん」

ラインハルトに促《うなが》されるまま箱を開けてみるとそこにはペンダントが入っていた。花がモチーフになっているそれは中央に美しい宝石が飾られていて、ヘレーネ好みのデザインである。

「うわぁ、綺麗ですね」

「気に入ったか？」

「はい！」

ラインハルトは椅子から立ち上がるとヘレーネの後ろに回り、そのペンダントを彼女の首につけた。

「うん、とてもよく似合っている」

「あ、ありがとう、ございます」

ラインハルトとの距離が近く、顔が赤くなるのを感じたヘレーネは気づかれぬように顔をそっと俯《うつむ》ける。それに気づかぬふりをして、ラインハルトは囁く。

「このペンダントは、一見すると普通のアクセサリーなんだが、実際は魔具なんだ」

「魔具？」

「ああ。これでも、性能もいいらしい」

「へえ、すごいですね」

ヘレーネはペンダントを手に取りまじまじと見つめる。それを見下ろしながら、ラインハルトは目を細めた。彼がこれをプレゼントした理由は、ヘレーネがもうすでに学ぶ必要のない魔術を未《いま》だにこっそりと練習しつつも、失敗しているのを目撃したからだ。上手くいかず肩を落とす彼女をシャインの瞳越しに見て、新しい魔具を贈ることを決めたのはいいものの、なかなかこれだと思えるものが見つからず、職人に依頼して一から作らせたことは言うつもりはない。

「今度それを使って魔術を見せてくれ」

「はいっ」

ヘレーネは頬を赤らめながら嬉しそうに微笑む。それを見て、ラインハルトの胸に言葉に出来ない感情が沸き上がったが、それが何なのかわからずグッと押し込める。一方のヘレーネはこの夢のようなひと時を満喫しつつ、こんなに幸せでいいのだろうかと真剣に悩んでいた。

（もしかして私、来世分の幸せまで使い込んでるんじゃないかしら……）

そうだったとしてもおかしくないぐらい、今がとても幸せなのだ。そしてこの幸せは、ラインハルトによってもたらされたものである。

（この幸せの十分の一でも、私はラインハルト様に返せているのかな？）

どう考えても返せていない。これは服飾店でも言われたように少しでも早くラインハルトの仕事を手伝えるようにならねばならないだろう。

「……あの、ラインハルト様」

「ん？　なんだ？」

「今日は本当にありがとうございました。私、もっと勉強を頑張ります」

「ああ、だが無理はしないようにな」

「はい」

ラインハルトは今日にでも結婚のことを話そうかとも思っていたが、ヘレーネの様子を見て取り止める。こんなに嬉しそうにしているのに水を差すような真似はしたくないと思ったのだ。彼女がこの話を喜ぶとは限らないのだから。

（……まあ、仮に嫌がったとしても、彼女には受け入れるしかないのだがな）

そんなことを考えているとヘレーネが「どうかしましたか？」と質問してきたので、なんでもないと笑って誤魔化した。

■■■

マーロンは常に質素倹約を意識して生活している。服も食事も必要最低限で、娯楽などは一切嗜《たしな》まない。彼にとって毎日が神に仕える為に存在し、遊んでいる時間は一秒たりともないのだ。

毎朝の日課である掃除を終えてから、教会の扉を開けると多くの人々がやってきて祈りを捧《ささ》げていく。そんな人々と言葉を交わしながら、マーロンはその光景を眺めるのが好きだった。

「もしや、あなた様はマーロン司祭でしょうか？」

そう声をかけたのは見覚えのない中年男性であった。

「はい、そうですが、貴方は？」

「ああ、これは失礼。私はモーガンと申しまして、普段は農民をやっておるのですが、たまにこうしてよそへ野菜を売りに来るのです。この街には昨日やってきたのですが、以前からこの教会にはマーロン様という素晴らしい司祭がおられると聞いておりましたので、ぜひご挨拶にと」

神学校では優等生であり克己心が強く、誰よりも修行熱心だった彼は同じ司祭の中でも評判がよかった。それは今でも変わらず、こんな風にわざわざ彼に会いに来る者もいる。

「おお、わざわざ私に会いに来て下さったのですね。それはありがとうございました。しかし、野菜を売りに来られるなど大変でしたでしょう。どちらからいらっしゃったので？」

「はい。カルヴァルス領地から来ました」

「……カルヴァルス」

その言葉にマーロンの眉は僅《わず》かに寄る。

「……確かあそこは随分若い領主が治めていましたね。どうでしょう？　何か困ったことはありませんか？」

「滅相もない！　ラインハルト様は本当に私達によくして下さります。あまり大きな声では言えませんが、前の領主様よりも腕がいいと評判なのですよ」

「……そうでしたか。それにしても何か問題を抱えているのでは？」

「そうですね、ラインハルト様も領主を継いだのは僅か十二歳の時でしたからきっと苦労もなさったはずです」

「十二歳？　まだ子供ではありませんか。ご家族はどうなさったのですか？」

「ええ、実は……」


マーロンの家は代々聖職者であり、信仰というものはいつも身近にあった。そんな中で育った彼の信仰心は共に育った兄弟と比べても非常に強く、どんな時でも神への敬愛を忘れない。そして神に仕える以上の喜びなど存在しなかった彼が、司祭を目指すのもごく自然な流れであった。

聖職者として万人に優しく、平等に接する彼であるが、唯一例外となる存在がある。

それが、セーラティアの宿敵、ジードガルマだ。ジードガルマを嫌う聖職者は多いが、マーロンのそれは憎悪にまで達していた。セーラティアの兄でありながら彼女に反旗をひるがえし、傷つける存在などマーロンにとって許しがたい。

そして、その感情はジードガルマと同じ力を宿す闇属性の者にも向けられる。邪神の力を持つ呪われし存在。マーロンは彼らをそう認識している。

生まれるだけで背負う罪などない。しかし、邪神によって魂が汚されている彼らは別である。彼らは存在するだけで罪なのだ。

そんな彼にとって、ラインハルト・カルヴァルスというのは見過ごせない存在であった。領主という人々の上にいる立場にいる上に、武術大会で優勝などという名誉も手に入れている彼は、どう見ても恵まれすぎている。身の程知らずにもその地位にいる彼も彼だが、それを認める周囲も周囲だ。

ジードガルマがセーラティアにしたことを忘れたのだろうか。

マーロンとて、何も闇属性の者に死んでくれと思っているわけではない。ただ、彼らは表舞台に出ず、静かにひっそりと、その生涯を贖罪《しょくざい》に費やすべきなのだ。人並み以上の幸せを得るなどあってはならない。だからそこから逸脱《いつだつ》するラインハルトを、どうにか出来ないかと気に病んでいた。

しかし、それも終わりだ。

「……ようやく尻尾を掴《つか》んだぞ」

頭に浮かぶのは顔も知らぬ男のこと。やはり、闇の力を持つ者は所詮《しょせん》、闇に属する者なのだ。光の神・セーラティアに仕える者としてその蛮行を必ずや白日の下に晒《さら》し、断罪を与えねばならない。

その瞳には使命感という名の独善が渦巻いていた。

7章　軋んで歪んで間違えて

「うわぁ、すごい人だねえ」

闘技場を埋め尽くす、人、人、人。それに圧倒されエリカは目を大きく見開く。ヘレーネは今回で二回目だが、この人の多さには驚かされる。

今日はセントラル学園が誇る武術大会当日。大半の生徒にとっては楽しいお祭りで、一部の生徒にとっては将来がかかった勝負の日だ。今大会にはシリウスは勿論《もちろん》、アンリやニコラスも出場している。特にシリウスは今年こそ優勝してやると張り切っていたが、ヘレーネとしては是非ともラインハルトに優勝して欲しかった。なにせ三連覇がかかっているのだ。長い歴史を誇るこの学園でも武術大会を三連覇した者はほとんどいない。周りも三連覇を成し遂げるか否かを話しているのが聞こえる。

「ねえ、私達も座席を見つけよう。早くしないと座れなくなっちゃう」

「そうですね……わっ！」

エリカの声に同意し、空席を探そうとしたヘレーネだったが、突然体を押され倒れてしまう。

「ヘレーネちゃん!?」

慌《あわ》ててエリカが駆け寄り、手を差し伸べる。

「大丈夫？」

「はい、なんとか……」

振り返ってみると数人の女子生徒の背中が走り去って行くのが見えた。恐らく彼女達にやられたのだろう。夏休み以降、こういった嫌がらせを受けることがたびたびあった。犯罪者の娘だからある程度仕方がないとヘレーネは諦めていたが、今回のようにエリカが傍《そば》にいる時にされたのは初めてだ。

憂鬱な気持ちになったヘレーネは胸元に手をやる。その時、違和感を覚えた。

「あれ……ない？」

誕生日に贈られてから、毎日首から下げていたペンダントがなくなっていた。さっきまであったのだから、いつなくなったのかは明白だ。

「エリカさん、ごめんなさい。先に行ってて！　私ちょっと用が出来たから！」

「え、ヘレーネちゃん？」

ペンダントを取られたことで頭が真っ白になったヘレーネはろくな説明もしないまま走り出す。

(どうしよう、どうしよう！　ラインハルト様からいただいた物なのに!!)

何としてでも取り返さなくては。それだけを考えてヘレーネは必死にさっきの女子生徒達を追った。

結果だけ言えば、その女子生徒達は見つかったし、ペンダントも取り戻せた。彼女達はヘレーネが来るのを見越していたように闘技場の外にいて、ヘレーネをそのまま学園内に連れて行く。

「あ、あの、ペンダントを返して下さい」

「うるさいわね、黙ってよ」

「でも、あれは大切な物で」

「黙れって言ってんのよ！」

女子生徒の一人がヘレーネの頬を叩《たた》いた。体を強張《こわば》らせて萎縮するヘレーネに気をよくしたのか他の女子生徒達も口を開く。

「あんた自分の立場わかってるの？」

「ラインハルトさんに助けてもらったからっていい気になって。鬱陶しいのよ」

「少しは身の程をわきまえなさい！」

女子生徒達の暴言にヘレーネは口をつぐむ。きっと今何を言っても返して貰《もら》えない。この際リンチでも何でも受けるからそれで返して貰おう。そう腹をくくる。

ヘレーネが連れて行かれたのは主に特別授業で使う教室とその準備室が並んでおり、あまり人がやって来ない区間だ。しかも今は武術大会中だということもあり、人っ子一人いない。

その中の一つにヘレーネは突き飛ばされた。

「きゃあ！」

倒れ込むヘレーネに一人の女子生徒がペンダントを投げつける。

「そんなガラクタに必死になって、馬鹿みたい」

「ラインハルトさんの優しさに付け込むなんて最低」

「反省してなさい」

そう言って無情にも扉は閉められた。慌てて駆け寄るもドアはびくともしない。恐らく何か細工をされたのだろう。

「開けて！　お願いです、開けて下さい！　誰か！」

ドアを叩き、大きな声をあげるも、誰の返事もない。暗い密室というのはそれだけで人に恐怖を与えるものだが、そこに他人の悪意が絡《から》まったことで、より一層強い恐怖が芽生える。

「……どうしよう」

一応学園内だからそのうち誰かが来てくれるだろうが、大会中は期待出来ない。

辺りを見渡すも、役立ちそうな物は見つからずヘレーネは座り込んだ。

「それにしても、なんだろう、ここ……」

ゴホッゴホッと、小さく咳《せ》き込む。長い間、空気の入れ替えをしていないのか、それとも高く積もった埃《ほこり》のせいか、なんだか変な匂いがして気持ちが悪い。

押し寄せる不安をなだめるようにヘレーネは拾い上げたペンダントを強く握った。

（……ラインハルト様の試合、見たかったな。エリカさんも心配してるだろうし）

ヘレーネは大きな溜息《ためいき》をついた。


試合は順調に進んでいた。大方の予想通り、前回と前々回の優勝者ラインハルトは危なげなく勝利を重ねていく。勝つたびに歓声が沸き上がるが、そんなもので心揺れるラインハルトではなく、これから戦うであろう選手達の戦いぶりを観察している。

（やはり一番警戒すべきはシリウス・キーツ。この一年で随分腕を磨いたようだ。次点でアンリ・ペルネリアか、ニコラス・ルイス程度だな。それ以外は大したことはない）

ラインハルトは不意に会場をぐるりと見渡した。今日はまだヘレーネの顔を見ていない。しかし、ここにいるのは確実だ。きっと彼女は三連覇が達成されれば自分のことのように喜んでくれるだろう。

それを想像して、ラインハルトの口元が緩む。

けれど、どうしてだろう。次の瞬間、彼は嫌な感じがした。

「……なんだ？」

言うなれば虫の知らせ。つまりはただの勘。それを気のせいと断じるのは容易《たやす》く、今この大事な大会中にそんなものにかまけるのは愚行であろう。

しかし、ラインハルトはそれを無視しなかった。

（……ヘレーネはどこだ？）

次の試合まで時間がある。ラインハルトはヘレーネを探しに選手控え室から出ようとしたが、シリウスと話し込むエリカを見つけ、足を止めた。

エリカならヘレーネの居場所を知っているだろう。そう判断して近づくも、様子がおかしい。

「いや、ヘレーネは来てないぞ」

「そっかぁ……どこに行っちゃったんだろう……」

聞こえてきた会話に思わず息を飲む。

「ヘレーネがどうかしたのか？」

突然現れたラインハルトに二人は驚くも、それを無視して、再度エリカに問いただした。

「……それで、その女子生徒達をヘレーネは追って行ったんだな？」

「は、はい。私も後から追いかけたんですけど、見つからなくて……」

話を聞いたラインハルトは、何かがあったのだと確信する。

「すまない、少し席を外す」

「え、ちょ、ラインハルトさん！　試合はどうするんですか!?」

背後から聞こえる言葉に応じる余裕はなかった。

（学園から出れば流石《さすが》に目立つ。恐らくヘレーネは学園内の、それも人の少ない場所にいるだろう。何処《どこ》かに閉じ込められているとみるべきか）

ヘレーネの寮室にいたシャインにも探させる。とにかく一刻も早く見つけ出さなければいけない。

急ぐラインハルトだったが、その前に一人の男が立ち塞がった。

「どこに行かれるのですか？」

ラインハルトは男と面識はない。しかし、誰なのかは知っていた。

「……忘れ物を取りに行くだけですよ、司祭殿」

王都にあるセーラティア教会のマーロン司祭。闇属性を持つラインハルトからすれば、たとえこんな状況でなくとも関わりたくない相手であった。

「ほほう、何をお忘れなのかな？」

「貴方《あなた》に言う必要がありますか？」

時間が惜しいラインハルトはマーロンの横を通り過ぎようとする。しかし、それを相手は許さない。

「貴方は罪から逃げおおせるとお思いでしょうが、そんなことはさせませんよ」

「……申し訳ありませんが今は急いでいるのです。つまらない言いがかりは」

「貴方のご家族のことですよ」

ラインハルトは足を止める。それだけの力が、マーロンの言葉にはあった。

「貴方には両親と兄がいた。しかし、母親と兄は同時に、父親はその一ヶ月後に亡くなっている。母親と兄は強盗に殺され、父親はそれを苦に投身自殺した、ということになっているようですが私の目は誤魔化《ごまか》せません」

「…………そんなことをわざわざ言いに来られたのですか。聖職者も随分と暇に見える。しかし私は忙しいので、これで」

「お待ちなさい!!」

マーロンはなおも引き留めようとするも、ラインハルトは耳を貸さない。

「お前には必ずや神の鉄槌《てっつい》が下る！　生まれた時より罪に汚れた者よ、お前のような者は生まれてきてはいけなかった!!」

憎悪を内包した言葉が突き立てられたが、それでももう足を止めることはしなかった。

（くそっ、ヘレーネどこだ!?）

学園を探し回るラインハルトだが、一人と一匹では広大な校舎を回りきれず、焦燥感のみが募《つの》る。

そろそろ試合の時間だが、しかしラインハルトは戻るつもりなんてなかった。このまま不戦敗しても構わないと思っている。ヘレーネは悲しむかもしれないが、今は彼女の安否の方が大事だ。

その時、耳に猫の鳴き声が聞こえた。シャインのものだと気づいたラインハルトが声の方へ向かうとやはり黒猫が待ち構えていた。走り出すシャインについて行くと、そこに一枚の栞《しおり》が落ちている。

ラインハルトはそれがヘレーネの手作りの物だと知っていた。

「ここらへんか」

準備室や特別授業でしか使わない教室が並んでいるここは普段から人通りが少ない。何かを隠すにはうってつけだろう。

ラインハルトがあたりを見渡すと、一つ妙なドアがあった。ドアノブに紐《ひも》が巻かれ、動かないように固定されているのだ。ここだと確信したラインハルトはロープを解き、ドアを開ける。

「ヘレーネ！　無事か!!」

そこで彼が目撃したのは、床に倒れるヘレーネの姿だった。


「ん、ん……」

「あ、ヘレーネちゃんよかった！　気がついたの!?」

ヘレーネが目を開けて真っ先に飛び込んだのは心配そうな顔で覗《のぞ》き込むエリカの姿だった。

「エリカ、さん？」

「うん、そうだよ！　よかったぁ……」

エリカの目尻に涙が溜《た》まっているのに気づき、どうしたのかと問おうとしたヘレーネだったが、ふとここが医務室でエリカの他にもユージーンがいることにも気づいた。

「ヘレーネ君、無事でしたか」

「はい……あの、何があったんですか……？」

「準備室の中で倒れていたんですよ。覚えていませんか？」

ユージーンの言葉に、ヘレーネは自分が閉じ込められていたことを思い出す。そして、床に座り込んでいたら、そのうち意識が遠のいて気を失ってしまったことも。

「ラインハルトさんが見つけてくれたんだよ」

「ラインハルト様が？　それじゃあ、私、大会が終わるまでずっと」

「違う違う。大会途中でラインハルトさんが見つけてくれたの」

エリカの言葉にヘレーネは驚きを隠せない。

「え？　途中で負けてしまったの？」

「そうじゃなくて……私がラインハルトさんにヘレーネちゃんが戻ってこないってことを伝えたの。そうしたら飛び出して行って」

「えぇぇ!!」

思わず叫んでしまう。だって、ラインハルトにとって三連覇がかかった大事な大会だったのに途中で抜け出すなんて、信じられない。

「もしかして、私のせいで……」

ヘレーネの顔が青ざめていく。自分を探したせいでラインハルトが優勝を逃してしまうなんて閉じ込められたこと以上に恐ろしい。だが、それは違うとエリカが否定する。

「大丈夫。ちょっと危なかったけど不戦敗になる前にちゃんと戻ってきたし、優勝もしたよ」

「ええ。正直、戻ってきてからは気迫が違いましたね」

二人の説明にヘレーネはほっと胸を撫《な》で下ろした。

「よかったぁ……」

「それでは、私は他の先生方にヘレーネ君が起きたことを知らせてきますね。ここでゆっくり休んでいて下さい」

「はい、ありがとうございます」

パタンと扉が閉められると、ヘレーネはエリカに「ごめんね」と謝った。

「いろいろ心配かけちゃったんですね。大会、ちゃんと観られなかったんじゃありませんか？」

「そんなの気にしなくていいよ。ヘレーネちゃんが無事で本当によかった」

それが嘘偽《うそいつわ》りない本音だとヘレーネにもわかる。なんだかこそばゆい気持ちになって少し顔を俯《うつむ》けて「ありがとう」と告げた。

◆◆◆

夜の教室で一人、ラインハルトは外を眺めていた。その表情からはあらゆる感情が削《そ》ぎ落とされ、暗闇と溶け合うその姿は、まるで人間ではないような存在感を放っている。

昼間は多くの生徒が過ごしていた校舎も、今は静かなものだ。しかし、その静寂を破るように足音が一つ、近づいてくる。ドアが開いて彼がそちらに目を向ければ、同級生の姿があった。

「ラインハルト、遅れてしまい申し訳ありません」

潤んでいる瞳に上気した頬。明らかに何かを期待している顔は、その気のない男でも不埒《ふらち》な妄想を抱きかねない魅力があったが、ラインハルトには何も心に響かない。

「それで話とは一体何ですか？」

「……昨日のことだ」

「ええ、昼にも言ったけれど素晴らしい大会でしたわ。貴方が三連覇して」

「そんなことじゃない」

言葉を遮られたカトリーヌは、そこでようやくラインハルトの様子が普段と異なることに気づいたのか、やや引きつった笑みを浮かべる。

「ど、どうしたのです、ラインハルト？」

「ヘレーネが何者かによって閉じ込められたらしい」

「まあ、そんなことがありましたの」

「何か知っているか？」

「いいえ、生憎《あいにく》と何も」

それは予想通りの返答。だが、だからといって不快感が生まれないなんてことはない。

「でも、それって確かな話なのですか」

「……それは、どういう意味だ？」

神妙な表情をするカトリーヌを、ラインハルトは出来る限り無表情で見つめ返す。

「本人がそう言っているだけでしょう。ただの狂言の可能性がありますよ」

「ヘレーネにはそんなことをする理由がない」

「あら、ありますわ。あの子にとって、貴方は自分の人生を左右する大事な存在。なんとか取り入ろうとしたに違いありません」

「………………」

うごめく激情を抑え込むのに集中して沈黙するラインハルトをどう思ったのか、彼女は話を続ける。

「信じられないようならその現場に行きましょう。何か証拠があるはずです」

「今からか？」

「ええ、近くですしすぐ終わるでしょう」

「……待て」

教室から出ていこうとするカトリーヌを引き止めながら、ラインハルトは溜息をついた。

この場合、余計な手間が省けたことを喜ぶべきか、こんな間抜けにしてやられた己を恥じるべきか、判断に迷う。

「ラインハルト、あの子を信じたい気持ちはわかりますが、でも」

「ヘレーネが閉じ込められていたのが校内だと、どうしてわかった」

「え？」

「俺はヘレーネが誰かに閉じ込められたとしか言っていない。それなのに、どうしてこの校内だとわかったんだ？」

カトリーヌの顔が僅かに強張る。

「そ、それは、校外にいたなら、もっと騒ぎになっていると思ったからですわ」

「そうか。それはそれとして、ヘレーネが自作自演だという証拠というのはもしかしてこれのことか？」

そう言ってラインハルトが見せたのは酒瓶である。

「え、どうし、て……」

「ヘレーネが監禁された部屋で見つけた。それから、これもだ」

放り投げられたのは使用された痕跡のある空っぽのランプ。それを見て、カトリーヌの顔色はますます悪くなる。

「持ってきたのはそれ一つだが、同じような物はいくつもあった。……なあ、カトリーヌ」

ラインハルトは罠《わな》にかかった獲物を甚振《いたぶ》るような残忍さで、顔を強張らせるカトリーヌに優しい声で語りかけた。

「こういう薬品を知っているか？　燃やすと異臭がして、さらにそれを長時間吸い込むと気を失ってしまうんだ。さらに時間が経《た》てば命の危険もあるという物だ」

「……」

「これは簡単に手に入るような物じゃない。コネも金も必要だ。だから、どこの誰が手に入れたかなんてすぐ調べがつく」

「……違うわ」

ぽつりと呟《つぶや》かれた言葉にラインハルトは「何が？」と聞き返す。

「私じゃありません！　大会中はずっと客席にいました！」

「そうだろうな。君には思い通りに動かせる生徒が何人もいる」

カトリーヌの取り巻き達だ。彼女達ならカトリーヌの言葉を鵜呑《うの》みにして、何の疑問も持たないまま言われた通りに動くだろう。

「だが、彼女達はいつまで黙っているかな。事情を聞かれ、最初は知らぬ存ぜぬを貫くだろうが、もし薬が使用され、死者が出たかもしれないとなれば事情は別だ。自分が犯罪者になってしまうかもしれないからな」

唇を噛《か》むカトリーヌに構わずラインハルトは続ける。

「大方、ヘレーネが飲酒していたとかなんとかうそぶき、陥《おとしい》れようとしていたんだろう。君らしい馬鹿げた考えだ」

「待って！　待って下さいラインハルト！　わ、私は、貴方の為《ため》を思って！」

「俺の為？」

「ええ、そうです！　あのヘレーネっていう女は絶対に貴方の負担になります！　私は貴方を助けたくて、それで、貴方から離れるように脅《おど》かそうとしただけです！」

「…………」

脅かそうとしただけ。危険な薬品が充満する部屋に閉じ込め、さらに冤罪《えんざい》で貶《おとし》めようとしたくせにそんな言い分が通用すると思っているのだろうか。思っているのだろう、この女は。

「だから私は悪くないんです！　全部、全部あの女が悪いのよ！」

「……黙れ」

その声には怒りと殺気が内包されていた。それは本人が抱いているうちのほんの一部でしかなかったが、箱入りで育ったお嬢様を怖気《おじけ》づかせるには十分だった。

「俺は今、腹が立ってしょうがないんだ。お前は視野が狭くて気に食わない相手には過剰に攻撃的になって、自分が正しいと疑わない頭の悪い奴だとわかっていたのに、対策を怠《おこた》った自分に」

黒いモヤがラインハルトに集まっていく。それと比例して、苦しいほどの恐怖がカトリーヌを襲う。アンモニアの匂いが周囲に漂ったがそんなもの気にも留めない。

ラインハルトの脳裏にあるのはヘレーネが力なく横たわる姿。あの光景が、頭から離れない。

「……おい」

呼びかけられたカトリーヌの肩は大きく跳ねる。荒い呼吸を繰り返すばかりで返事をしない彼女に興味なさげにラインハルトは告げた。

「さっさと失《う》せろ。死にたくなかったらな」

その言葉にカトリーヌは悲鳴にならない悲鳴をあげながら、もがくように逃げ出した。途中何度か転んだような音がしたが、どうでもいいことである。

一人教室に残ったラインハルトは大きく息を吸い、気持ちを落ち着かせる。

「……はあ」

正直、一発ぐらい殴ってやろうかと思ったのだが、一発だけでは済みそうになく、下手《へた》をすれば殺してしまうと思ったので耐えた。カトリーヌを気遣ったのではない。死者が出たら、ヘレーネが怯《おび》えると思ったのだ。

「それにしても、ペンダントを贈っておいたのは正解だったな」

ヘレーネは無自覚だっただろうが気を失う前、咄嗟《とっさ》に微量の魔力をペンダントに流し込んでおり、それにより出来た水分が一種の結界の役目をして彼女を守っていたのだ。

そうでなければ、ヘレーネはもっと重篤《じゅうとく》になっていた可能性がある。

「本当に、よかった……」

だが、また同じことがあればどうなるかわからない。今度こそヘレーネの命は失われてしまうかもしれない。彼女はただでさえ周囲からよく思われていないのだ。どんな理由で悪意を向けられ、そして傷ついてしまうかわからない。だから……

「俺が、守ってやらないと……」

翌日、カトリーヌが無断欠席したので教師が様子を見に行くと、彼女は人が変わったようにひどく怯えており、そのまま学校を辞めてしまう。さらに彼女の取り巻き達が停学になったこともあり、校内で様々な噂《うわさ》を呼んだが、真相を語る者は誰もいなかった。

■■■

武術大会から一ヶ月ほど、経過した。季節はすでに冬になり、木枯らしに身を震わせる日々が続いている。武術大会から、つまりヘレーネが監禁された事件からもすでに一ヶ月経ったということだ。

あの時の恐怖は未だ残っているものの、エリカやラインハルトのおかげでその心の傷も少しずつ癒えている。また誘拐事件自体、ヘレーネが大事になることを避けたがったことや他にも様々な理由があり、公にはなっておらず、以前と変わらない日々を送れていた。ある一点を除いて。

「最近どうだ？　何か問題は起きてないか？　誰かから絡まれたりしていないか？」

「はい、大丈夫です」

「そうか。何かあったら必ず俺に言って欲しい。どんな些細《ささい》なことでも構わない」

「は、はい」

いつもの通り誰もいない第三図書室。以前からここにはよく通っていたヘレーネだったが、この一ヶ月は毎日来ていた。理由は簡単。ラインハルトが呼び出しているからだ。

あの監禁事件以来、ラインハルトはヘレーネに対し随分と過保護になった。安否を異常に気にするのは勿論、常に行動を把握したがる。自分を心配してのことだとわかっているので、気にかけて貰って嬉《うれ》しい半面、申し訳なさも覚えていた。だからこそ、過干渉されても従順だった。

「あの、そこまで心配していただかなくても、私もう大丈夫ですよ」

「いや、あの連中が君を逆恨みしていないとも限らない。用心はするべきだ」

「……そうですね」

カトリーヌはもう学園にいないし、他の少女達もあの件でこってり絞られた上に次は本当に捕まってしまうと言われている為か大人しくしているが、ラインハルトの言葉にも一理ある。

「そういえば、君は学園の外に出ることはあるかな」

「はい、エリカさんとたまに」

「そうか。今後は控えて欲しい。どうしても外に出る場合は俺に事前に伝えてくれ」

「そ、それは……」

「何か？」

「い、いえ、なんでもありません」

それは流石にどうなのかと思ったが、ラインハルトは心配して言ってくれているのだ。文句を言うなんてよくないと思い直す。

「それと、もうすぐ冬休みだが、君には俺の屋敷に来て貰おうと思っている」

「はい。わかりました。また領主としての勉強するんですよね」

また夏休みのように勉強漬けの日々が待っているのだろう。だが嫌ではない。

一刻も早くラインハルトの役に立てるように頑張らねばと意気込むヘレーネに、ラインハルトは思いもよらないことを口にする。

「……ヘレーネ。あれからいろいろ考えたんだが、もう勉強なんてしなくてもいいぞ」

「え？」

思わずぽかんとした顔でラインハルトを見つめる。彼は無表情でヘレーネを見ていた。

「毎日、本を読んで、花を愛《め》でて、シャインと遊んで、そんな風に過ごしたらどうだ？」

「……ラインハルト様？　何を？」

どうしてそんなことを言うのだろう、あんなに熱心に教えてくれたのに。彼女の顔が青ざめる。

「あの、もしかして、私、物覚えが悪いから……嫌になってしまったのですか……？」

「いや、違う」

「それじゃあどうして？　今のままだとラインハルト様のお仕事が大変なのでしょう？　後見人のままだと出来ないこともあるって言ってたじゃありませんか」

だからヘレーネも勉強を頑張ったのだ。少しでもラインハルトの負担を減らしたくて、少しでも力になりたくて。彼もそう望んでいるはずだった。

「ああ、だがそれも解決する」

「え？」

なんだろうそれは。そんな方法があるなんてラインハルトは言っていなかったはずだ。

疑問に思うヘレーネにラインハルトは穏やかともとれる低い声で告げる。

「君が俺と結婚するんだ」

「……え？」

突然の言葉。その意味がヘレーネには理解出来なかった。

「本当は君が卒業するまで待とうと思っていたが、止《や》めた。俺が卒業したらそのまま結婚するぞ。君には学園を中退して貰う」

「中退って……待って下さい、ラインハルト様……そんな」

「……何か問題でもあるのか？」

「も、問題って……待って下さい……私……」

結婚に学園の中退。どれもヘレーネには寝耳に水であり、容易に受け入れられない出来事だった。

戸惑うばかりの彼女をラインハルトは壁際に追い詰める。その顔は逆光でよく見えない。

「……ヘレーネ、何が嫌なんだ？　何が不満なんだ？　……俺と結婚するのが、そんなに嫌か？」

「あの、あの……」

「仮にそうだったとして……拒否するのか？　出来ると思っているのか？　自分に、そんな権利があるとでも？」

「え、え……？」

「なあ、ヘレーネ。大丈夫だ。君が心配することも気にすることもない。全部俺に任せればいい。何も考えず、俺の目の届く範囲にいればいいんだ」

とろけるような甘い声に優しい言葉。けれど、ヘレーネには恐ろしいとしか思えなかった。ラインハルトに対してそんなことを思うのは初めてのことだ。異様な雰囲気に飲まれた彼女に、ラインハルトは「返事は？」と問いかける。

「は、はい……」

小さく震えた声だったが、それでも満足したらしいラインハルトはゆっくりと離れる。

「そうか、わかってくれて嬉しいぞ」

向けられたのは優しく穏やかな笑顔。けれど、ヘレーネの体の震えは止まらない。

愛する人と結婚する。それは本当なら喜ばしいことなのだろう。幸せなことなのだろう。

しかし、今ヘレーネの中にはそんな感情は存在せず、ただただ混乱と不安が渦巻くばかりであった。


(どうして？　どうしてこうなったの？)

部屋に戻ったヘレーネは一冊のノートを開く。それはこの世界がゲームと同じだと気づいた時に書き溜めた物である。

先ほどのラインハルトは明らかに異常だった。ゲームでもあんな様子は見られなかったはずだ。

何かしら解決の糸口があればと何か情報を探してみるも、元々ゲームの記憶は断片的だった上にゲームとはかけ離れてしまった今の状況。頼りになるようなものはなかった。

「……どうしよう」

ページをめくりながらヘレーネは頭を抱える。このままではよくないということはヘレーネにもわかった。そもそもどうしてラインハルトはあんなに豹変《ひょうへん》をしたのか。

「もしかして、私のせい……？」

自分という存在が、ラインハルトの何かをおかしくしたのか。狂わせたのか。

ヘレーネは呆然《ぼうぜん》とすることしか出来なかった。

◆◆◆

あるところに貴族の愛人がいた。彼女は『彼』を憎んでいた。

「どうしてこんなことになったの？　どうして私がこんな目に遭わなければいけないの⁉　ああ神よ、お助け下さい！」

彼女は日がな一日、自分の運命を嘆き、自分を哀れみ、涙を流していた。

彼女は華やかな生活に憧れていた。綺羅《きら》びやかな生活を夢見ていた。だから貴族の男と関係を持ち、愛人になろうとした。

しかし、思惑は外れ、実際には自分の存在を隠すように幽閉同然で屋敷の中に閉じ込められ、外に出ることも出来なくなった。理想とあまりにかけ離れた現実に少女のような心を持った彼女は耐えきれず、その責任を全て『彼』に押し付けた。そしてある日、とうとう彼女は凶行に走った。

「お前の、お前のせいで私は不幸になったんだ‼　死んで詫《わ》びろ‼」

彼女は『彼』にナイフを突き立てようとした。彼女は死んだ。

あるところに貴族の子供がいた。彼は『彼』を蔑《さげす》んでいた。

「汚い下民の血を引く恥さらしめ！　死んじゃえ！」

毎日毎日あらゆる手段を使って『彼』をいじめ抜いた。犬の糞《ふん》やネズミの死体を投げつけたり、木剣で叩いたり蹴ったりした。それは『彼』の母が謎の死を遂げても変わらなかった。

ある時彼は石を『彼』に投げつけると、『彼』は頭から血を流して倒れてしまう。

「あははは！　無様だな！　お前にはお似合いだ！」

面白がった彼は先ほどより大きな石を『彼』の頭にぶつけようとした。彼は死んだ。


あるところに貴族の妻がいた。彼女は『彼』を嫌っていた。

「まあなんてことかしら！　こんな汚い子供の世話をみなくてはいけないなんて！」

彼女は許せなかった。憤っていた。夫が他の女に手を出したこともそうだが、その時に出来た子が自分の息子よりも優秀なのがより腹立たしかった。だから彼女の息子が『彼』をいじめているのも止めず、むしろそそのかしていた。

ある日、息子の姿が見えず探していると彼女はすでに冷たくなっていた息子を見つけてしまう。そのすぐ近くにはあの忌々《いまいま》しい『彼』の姿があった。

「お前、何をしたの⁉　この悪魔！　人殺し！」

彼女は『彼』の首に手をかけようとした。彼女は死んだ。


あるところに貴族の男がいた。彼は『彼』を疎《うと》んじていた。

「平民の子供など、面倒なことこの上ない。さっさと死んでくれないものか」

だが、彼は『彼』に恐怖を覚えるようになった。愛人、息子、妻が次々に死に、その犯人が『彼』だと思った彼は次に自分が殺されると感じたからだ。だから殺される前に殺してやろうとした。

しかしそれは失敗に終わった。

「ゆ、許してくれぇ！　殺さないで！」

彼は泣いて懇願した。彼は死んだ。


あるところに『彼』はいた。『彼』は自分を憎む母を殺し、自分を蔑む異母兄を殺し、自分を嫌う継母《ままはは》を殺し、自分を疎んじる父を殺した。

「どうして？」

『彼』は問う。

「どうして、俺は生まれたの？」


「……はあ……はあ……」

冬なのに汗でびっしょりと濡れる体を起こし、ラインハルトはゆっくりと周囲を見渡す。

そこは学園内にある自分の寮室。すぐ状況に気づいた。夢を見ていたのだ、自分は。

「……くそっ」

小さく悪態をついて、寝台から出る。あれは、昔の夢だ。まだ無力な子供だった頃の夢。今では呼吸するように出来る魔術すら使えず、虐《しいた》げられるしかなかった頃の夢。

「……いや、あのおかげで使えるようになったというべきか」

ラインハルトの口元が冷笑を浮かべる。

殺されかけたからこそ、魔術の才能が目覚め、あの連中は死んだ。もっとも、それに気づけたのは父親の時で、それまでは突然相手が死んだとしか認識出来なかったが。

ラインハルトは彼らを殺したことを後悔していない。殺さなければ自分が死んでいた。あんな連中の死を悲しみ、自分が死ねばよかったと思えるほど彼は心優しい性格をしていない。

しかし、今日のようにあの連中は死んだ後も、時折ラインハルトの夢に現れては彼を苦しめる。まるで自分達を殺したラインハルトが許せないのだと恨み言を吐くように。

「忌々しい連中だ……」

後悔はしていない。罪悪感も覚えない。懺悔《ざんげ》など必要ない。

だが、こういう時はいつも、自分という存在が無駄で無為で無意味に思える。生きている価値などなく、存在していても虚《むな》しいだけのような、いっそ何もかも捨てて消えてしまった方が楽になるような、そんな気持ちに苛《さいな》まれるのだ。

「………」

以前ならそんな気持ちを無視して表面を取り繕い、落ち着くまで時間が経つのを待つだけだっただろう。だが、今は……

「………ヘレーネ」

何故か、彼女に会いたくてたまらなかった。

放課後、いつもの通り第三図書室で待っていると、ヘレーネがやって来た。彼女の姿を見て、朝から胸の内を蝕《むしば》んでいた何かが大人しくなるのを感じる。思わず手を伸ばそうとして、止めた。ヘレーネが沈痛な面持ちで顔を俯けていたからだ。理由はわかっている。

「……あの、ラインハルト様」

「……なんだ？」

顔を上げぬ少女。自分にだけあんなに向けられていた笑顔はそこにはない。それがとても惜しい気がした。

またヘレーネの笑顔が見たい。ラインハルトの偏った思考がようやく少し解《ほど》けそうになったが、

「結婚の話、なかったことに出来ませんか……」

それは彼女のたった一言で潰される。

「あ……？」

「わ、私やっぱり、ラインハルト様と結婚は出来ません」

聞き間違えかと思ったが、どうやら違ったらしい。

「……君は、自分の立場がわかっているのか？」

「はい……」

「それでも断れると？」

「……お願いします。どうか……」

「………そうか、そこまでして俺と結婚したくないか」

ラインハルトは親が捕まった時、彼女が修道院に入ろうと思っていたと言っていたことを思い出す。

そこに行くつもりだろうか。

そんなことを考えながら体の奥から荒々しい何かがせり上がってくる気がした。今すぐ彼女に掴《つか》みかかり罵倒《ばとう》し、その言葉を撤回させてやりたい衝動に駆られる。それを血が滲むほど拳を握ってやり過ごし、代わりに思考が動く。躊躇《ためら》いを捨て、迷いを消し、そうして決断した。

「そうか、それなら仕方がないな」

穏やかなその声にヘレーネは顔を上げる。

ラインハルトはヘレーネでも今まで見たこともないほど、優しげな笑顔を浮かべていた。

「いや何、俺も無茶を言って悪かった」

「え？　あの……」

突然の変わりように戸惑うヘレーネを無視してラインハルトは続ける。

「ああ、もしかして断る権利なんてないって言ったことか？　気にしなくていい。あれはただの冗談だから」

「そ、そうなのですか……？」

「ああ。それはそうとして、エリカ君達と冬休みに会う約束はしているのか？」

「あ、いいえ。まだなにも」

「そうか。きっといろいろ忙しくなるから、止めておいた方がいいな」

「はい……」

顔には笑みを貼り付けながら、淀《よど》みなく喋《しゃべ》り続ける自分の言葉をラインハルトは他人事のように聞いていた。ヘレーネも笑って見せているが、その笑顔はどう見ても引きつっている。ラインハルトの真意を測りかねているのだろう。けれど、もうそれでいい。

『お前のような者は生まれてきてはいけなかった!!』

不意に誰かの言葉が頭に浮かんだ。

自分がしようとしていることを考えれば、なるほど確かに真実である。

(ヘレーネも可哀想に……俺となんて、出会わない方がましだったな……)

自分がやろうとしていることが間違っていることを理解している。過ちを、そうだとわかっていて犯そうとしている。自分はこんなにも救いようのない愚か者なのだと、初めて知った。けれど、止められない。止めることは出来ない。それだけは、絶対に。

「今のうちに沢山《たくさん》遊んでおくといい。冬休みになれば、もう会えなくなるんだからな」

そう、永遠に。

■■■

カーテンを締め切った薄暗い部屋。内装は部屋の持ち主の趣味なのだろう、なかなか可愛らしいのになんとなく息苦しさを覚えるのは、長い間空気の入れ替えをしていないからだろうか。それとも眼の前にいる少女が原因だろうか。そんなことを考えながらマーロンは努めて優しく彼女に声をかけた。

「初めまして、カトリーヌさん。私の名前はマーロンといいます。よろしくお願いしますね」

ありきたりで極普通の挨拶だったが、声をかけられた少女は大げさなほど肩を震わせてしまう。

「え、ええ、よろしく、お願いしますわ」

少女の反応に、これは時間がかかりそうだなとマーロンは憂慮した。

『学校を退学した娘がずっと閉じこもっているので様子を見て欲しい。慈悲深い貴方の言葉なら娘に届くかもしれない』

クレイトン家の当主からそう頼まれてやって来たマーロンだったが、正直に言えばあまり乗り気ではなかった。詳しいことは聞いていないが、彼女はなにか問題を起こしたらしい。

そんな人間、閉じこもっていたままの方がいいと思うのだが、家族はそう思えないようだ。

(まあ、善良なる信徒の為ですから……出来る限りのことはしてみましょうか)

マーロンはカトリーヌを刺激しないように丁寧に言葉をかけていく。日々多くの人の悩みを聞くマーロンの話術でカトリーヌも徐々に心を開いていき、胸の内を話すようになっていった。

「わ、私は悪くない、私は悪くないのにみんな私が悪いっていうんです……」

「可哀想にそれは辛《つら》かったでしょうね」

口では慰めながら、マーロンは冷ややかな感情をカトリーヌに向けていた。

彼女は先ほどから自分のことばかりで、他者を顧《かえり》みる様子が一向に見えない。自分を心配してくれている家族のことすら頭にないようだ。

(これは駄目だな……この家の方には申し訳ないが適当に切り上げさせて貰おう)

そう思っていたマーロンだったが、カトリーヌが口にした言葉によって、その考えを放棄する。

「私は悪くない……全部あの女が悪いのよ……なのにラインハルトは……」

「……ラインハルト、ですって？」

それはマーロンにとって最も忌々しい男の名。

「カトリーヌさん！　その話を詳しくお願いします！」

突然身を乗り出したマーロンにカトリーヌは怯《ひる》むが、そんなことに構っていられない。

「ラインハルトとは、ラインハルト・カルヴァルスのことですか!?　あいつが、あの男がどうしたのです！　早く言って下さい！　さあ、早く！　言え!!」


(ああ、なんということだ！)

馬にまたがり、マーロンは山道を駆け抜ける。

(まさかあの男が、そこまで力を持っていたとは……！)

カトリーヌが見たという黒いモヤ。それは高濃度の魔力が視覚化したものとマーロンは考える。

そんなことが出来るということは、よほど才能が高いということ。それほどの才能を自分が危惧する相手が持っているということにマーロンの背筋は冷たくなる。

自分の見通しの甘さを恥じている彼がたどり着いたのは周囲から隠されるように建っている古びた教会であった。その扉をマーロンは力強く叩く。

「バルタザール先生！　いらっしゃいますか、バルタザール先生！」

しばらくすると扉が開く。そこにいたのはマーロンが教えを受けていた老司祭だった。

「そなたがここに来るのは、一年半ぶりぐらいか」

「はい。なかなか来ることが出来ず、申し訳ありません」

「いやいや。私も一時期王都に赴任していたが、あそこは忙しい。ここに来れないのも、無理はない」

二人が歩いているのは教会の地下道だ。この教会も地下道も、セーラティア教の中でも認められた者しか知らない。さらにここにはいくつもの偽装や罠《わな》が仕掛けられている。何故そんなものがあるのかというと、ここにはセーラティア教にとってとても重要な物が隠されているからだ。

「しかし、礼儀を重んじるそなたが前もって連絡もなくいきなり訪れるのは珍しい。何かあったかな？」

「……ええ」

やがて狭く暗い地下道から広い空間へと行き着く。そこにあるのは厳かな祭壇と一点の曇りもない純白の弓。この弓は、セーラティアがジードガルマを討った際に使用していたと言われる聖遺物だ。

真実かどうかはわからないが、信じている者は多くマーロンもその一人である。

初めてここに案内された時、感動のあまり泣いてしまったことを思い出しながら神に祈りを捧《ささ》げた。

「それでは戻ろう。この前、いい茶葉を貰ってな。きっとそなたも気に入る」

そう言ってバルタザールは来た道を戻ろうとしたがマーロンはその場から動こうとしない。

「……マーロン？」

「バルタザール先生。お願いがあります」

顔を上げたマーロンの眼差しは真っすぐでとても力強い。しかし、バルタザールはそこに嫌な予感を覚える。

「あの弓を、『女神の神罰』を私に一時貸していただけないでしょうか」

「なっ！」

マーロンの言葉にバルタザールは絶句する。この弓はセーラティア教にとって大事な物だ。個人に、少しの間だけでも貸すなんてあってはならない。

そんなこと、司祭であるマーロンもよく知っているはずなのに。

「……一体、何を言っているのだ？」

「お願いです！　私にはどうしても必要なのです」

「ば、馬鹿なことを申すな！　そのようなこと、出来るものか！」

「あの邪神の力を受け継ぐ者を討つ為なのです！」

「邪神、だと……？」

眉を寄せるバルタザールにマーロンはさらに続ける。

「ええそうです！　私は見つけたのです、邪神の力を色濃く引き継ぐ者を！　そいつは邪悪な力に溺れ、数多《あまた》の人を陥れています」

「だからこの弓を使って殺す、と……？」

歯を食いしばったバルタザールは怒号を発した。

「この、愚か者め‼　かつて我らが行った愚かしい所業を忘れたか！　ジードガルマと同じ、闇属性である、ただそれだけで我々は多くの罪なき人々を殺《あや》めてきた！　その際に使用されたのがこの弓だ！　過ちを繰り返さぬ為にこの弓は秘匿《ひとく》されているのだ！　それを！　お前は！」

『女神の神罰』

セーラティア教の創立時にはすでに教団にあった聖遺物であり魔具。弓を引けば光の矢が形成されるのだが、その矢というのが、闇属性の者に絶大な殺傷力を発揮するのだ。これにより命を奪われた者は、百人以上いると言われている。

「ですが、あの男は本当に危険なのです！　また誰かが犠牲になる前にどうにかしなければ！」

「だったら他にもっと方法があるだろう。そもそも、その者は本当に罪を犯しているのか？　闇属性そのものを忌み嫌うお前のことだ。思い過ごしの可能性が高いのでは？」

「いいえ、いいえ！　そんなことはありません。あの男は紛《まぎ》れもなく罪人です！」

「それならばなおさら正規の手段でその者を断罪するべきだ。このようなもの、頼るべきではない」

「それでは駄目です。遅すぎるのです。手をこまねいていれば、あの男はどんな卑劣な手段を使ってくることか！」

頑《かたく》なな弟子に師は失望をにじませた眼差しを向けた。それでも諦めず、根気強く言葉をかける。

「……マーロンよ、もう一度言うぞ。馬鹿な真似はよせ。この弓は、何があっても使うべきではないのだ」

「そうですか……どうしても、駄目なのですね」

顔を俯けるマーロンにわかってくれたかと安堵《あんど》したバルタザールだったが、それは間違いだった。

マーロンは一瞬の隙をついて当て身を行い、バルタザールの体は倒れ込む。

「ぐっ……！」

「お許し下さい、バルタザール先生。これも、世の平和の為なのです」

女神が使ったとされる聖なる弓に手を伸ばすマーロンをうずくまるバルタザールは見ていることしか出来ない。

「まー、ろん……お前は、昔から闇属性の、者には冷酷であった……成長して、変わったと思っていたが……見込み、違いだった、ようだな……」

意識を失うバルタザールにマーロンは「申し訳ありません」と謝罪する。

「ですが、すぐわかっていただけるはずです。私の行いが正しかったのだと」

地下道を抜け、教会から出ればあたりはすっかり暗くなっていた。

「見ていて下さい、セーラティア様。私は必ず貴方の敵を討ってみせます」

これはきっとセーラティアが自分に与えたもうた使命なのだとマーロンは確信している。

だから、たとえこの命をかけることになってもあの男を倒さねばならない。

幸い、使命を果たすのにおあつらえ向きな日がもうすぐやってくる。

『神輝祭《しんきさい》』

セーラティアがジードガルマを討ったその日、自分もまた邪悪を倒すのだ。

8章　夜明け

冬休みが始まり、多くの生徒が学園から出て行くことになる。だからその前に、学生達は友人との別れを惜しんだり、冬休みの予定で盛り上がったり、親睦を深めている。

ヘレーネとエリカもその中にいた。

「手紙、絶対に出すから返事ちょうだいね？」

「ええ、エリカさんも」

冬休み中、ヘレーネはラインハルトの屋敷で、エリカは学園で過ごすことになっており、二人がまた顔を合わせるのは冬休みが明けてからになるだろう。

でも、あんまりしんみりしたくなくて、エリカは明るい話題を口にする。

「それにしても、王都の神輝祭《しんきさい》ってどんな風なんだろう」

「いろんな飾り付けがされてて、とても綺麗《きれい》でしたよ。夏のお祭りとは違う趣《おもむき》があるというか」

「へえ、そうなんだ」

エリカはまだ見ぬ光景に、ヘレーネは去年見た景色にそれぞれ思いを馳《は》せた。

「あ、そういえば貴族の人も神輝祭ではパーティーを開いたり、御馳走《ごちそう》を食べたりするんでしょう？

ヘレーネちゃんもラインハルトさんとそんな風に過ごすの？」

そう質問すると、どうしてだかヘレーネの顔が暗くなる。正確にはラインハルトの名前が出た時だ。

まさかそんな反応をされるとは思わず、エリカも戸惑う。

「エリカさん、実は相談が……」

「相談？」

「ええ、最近ラインハルト様の様子がおかしいんです」

「おかしい？」

勉強を教えて貰《もら》わなくなってからは没交渉となっているとはいえ、同じ学舎で過ごしていれば見かけることぐらいはある。少なくとも変わった様子は見られなかったが、彼と親密なヘレーネには感じるものがあったのだろう。詳しく聞こうとしたエリカだったが、それは叶《かな》わなかった。

「ヘレーネ」

周囲に人は沢山《たくさん》いるのに、その声ははっきりと二人の耳に届いた。

「あ、ラインハルト様」

「こ、こんにちは」

渦中の人物の登場に二人はややぎこちなく彼と応対するも、ラインハルトはそれを気にする様子もなくヘレーネの傍《そば》に寄る。

「馬車の用意が出来た。行くぞ」

「は、はい。それじゃあ、エリカさん、またね」

「うん、元気でね！」

慌《あわ》ただしく別れの挨拶《あいさつ》を済ませたヘレーネは先を行くラインハルトを追いかけて行く。

それを見送って、エリカはヘレーネの言った言葉を少しだけ理解する。普段のラインハルトであれば、一緒にいた自分に挨拶ぐらいはするはず。それなのにさっきはまるでエリカの存在がないものかのように無視をしたのだ。なんだか嫌な予感を覚え、早く手紙で詳しい事情を聞こうと決めたエリカだが、手紙の返事が送られてくることはなかった。


「…………」

馬車に揺られるヘレーネとラインハルトだったが、二人の間に会話はなく、沈黙だけが広がっていた。ヘレーネはこっそり連れ込んだシャインを撫《な》でつつ横目でラインハルトの様子を窺《うかが》うも彼は馬車の外を眺めていて、どんな顔をしているのかわからない。

「あ、の……ラインハルト様」

「……何だ？」

意を決して声をかけるも、返ってくる言葉はなんとなく冷たくてそれだけでヘレーネの心は挫《くじ》けそうになる。それでも引いては駄目だと思い、頑張って言葉を続ける。

「え、えっと、その……き、今日はいい天気ですね？」

「ああ」

「あし、明日も、いい天気でしょうか？」

「さあな」

「そ、そうですよね、わかりませんよね……えっと」

「ヘレーネ」

「は、はいっ！」

「少し静かにしていろ」

「……はい」

顔を俯《うつむ》けるヘレーネを慰めるようにシャインが指先を舐《な》める。その愛らしさに目を細めて首元を軽くくすぐるとシャインは気持ちよさそうに鳴いた。

あの日、ヘレーネが結婚を断ってからずっとラインハルトは素っ気なく、その上、決してヘレーネと目を合わせようとしない。それに関しては、しょうがないと思っている。彼の気遣いを無下《むげ》にしたのだから、嫌われるのも当然のことだ。けれど、それだけならヘレーネはエリカに相談しようとしなかっただろう。上手く言えないが、あれ以来彼の雰囲気が危ういものになったように感じるのだ。まるで自らの足で破滅の道を歩んでいるかのように。それが、ヘレーネにはとても心配だった。

（……ラインハルト様）

自分が嫌われるだけならそれで構わない。冷たくされても素気《すげ》なくされても、ラインハルトが幸せならそれでいい。だけど、彼が不幸になるというのなら、それは防がなければいけない。

（なんとかしなきゃ……）

本来ならもっと早くから行動を起こすべきだったが、あの日以来ラインハルトと過ごす時間はほとんどなかった。近づこうにも忙しさを理由に遠ざけられていたのだ。

だが、幸いにも今日から冬休み。時間は沢山ある。自分に何が出来るかはわからないが、それでも出来る限りのことをするしかない。

やがてラインハルトの屋敷に到着し、下車した二人は荷物を持って中に入った。まだ数ヶ月しか過ごしていないが、この屋敷にはすでに生家以上に愛着が芽生えていて帰ってくるとほっとする。自分の部屋に荷物を持っていこうとしたヘレーネだったが、歩き出すより先に世界が歪《ゆが》んだ。

(あ、れ……？)

突然の目眩《めまい》。そのまま体は傾き、倒れそうになったところを支えられる。

「……すまない」

誰かからの謝罪。それは紛《まぎ》れもなくラインハルトのものだった。

けれど、どうしてだろう。何故だか、その声は泣いているように感じた。


(ん、ん……？)

どれくらい時間が経《た》っただろうか。ヘレーネの意識が浮上する。

(あ、そうか……私、急に目眩がして)

温かくて柔らかい感触がするに、自分が寝かされているのはベッドだろう。

(どうしたんだろう……疲れていたのかな？)

自覚はなかったが、もしかしたら体調を崩していたのだろうか。とにかく、自分がここにいるということは、ラインハルトが自分を運んでくれたということだ。お礼を言わなくては、と思って起き上がろうとしたヘレーネだったが、なぜかその体は全く動かず、目蓋《まぶた》すら開かない。

(あ、あれ？　え？　どうして⁉)

いくら力を入れようとしても、僅《わず》かにも動かない体。異常事態に狼狽《ろうばい》する彼女の耳に、近づいてくる足音が聞こえた。

「……ヘレーネ」

(ラインハルト様！)

愛《いと》しい人の存在にヘレーネは安堵《あんど》を覚える。彼が傍にいる、ただそれだけでとても心強い。どうにかして自分の状況を伝えなければと思ったヘレーネだったが、その必要はなかった。

「体、動かないのだろう」

(え……)

あまりにも正確に自分の状態を言い当てられ、ヘレーネは驚愕《きょうがく》を感じる。

「それはそうだ。俺がそうしたのだからな」

呟《つぶや》くように、囁《ささや》くように告げられた言葉。

どうして、と問いかけたくとも口を開くことすら出来ず、ヘレーネは戸惑うばかりだ。

「……大丈夫だ。そのうち、少しの間だけなら動けるようにしてやる」

そう言って、足音は遠ざかる。

「仕事を片付けてくる……終わったら、また来る」

（ラインハルト様……待って下さい、ラインハルト様ぁ……！）

いくら引き止めようとも声にならず、やがて扉が閉まる音と共にヘレーネは静寂に取り残された。

■■■

初めて訪れた町を、物珍しげにシリウスは見渡した。王都ほどではないが発展している町は、神輝祭ということもあってとても活気づいている。こんな状況でなければ観光でもするんだけどな、と小さくため息をついて先を歩くエリカとはぐれないように付いて行く。

ことの始まりは冬休み中も鍛練していたシリウスに、同じく学園に残ったエリカが持ちかけた相談からだった。冬休みに入ってから、何度もヘレーネに手紙を送っているのだが、返事が一通も来ないらしい。手紙を送り合うことは事前に約束していたことで、ここまで音沙汰がないのはおかしく、ヘレーネに何かあったのではとエリカは不安げだった。

『だから明日、ちょっとラインハルトさんのところに行こうと思って』

『明日って、神輝祭じゃないか。何もその日に行かなくても……』

『だって、心配だし……』

『忙しいだけかもしれないぞ。それに神輝祭の時は貴族も忙しくて自分の領地にいないことが多いってアンリも言ってたし……せめて日程をずらしたらどうだ？』

『そうなんだけど……でも、冬休みが始まる前にヘレーネちゃん言ってたんだ。ラインハルトさんの様子がおかしいって……それでなんだか、すごく嫌な予感がして……』

どうあっても行く気らしいエリカに自分から付いて行くと言ったのは、自分もヘレーネが心配になったからなのか、単なる気まぐれだったのか、それともそれ以外か、シリウスはわからなかった。


目的地にたどり着いたシリウスだったが、彼は眉を寄せて口を開く。

「……なんで屋敷が二つもあるんだ？」

自分の目の前にある屋敷とそう離れていない場所にある屋敷は同じラインハルトの所有らしい。

どうしてこんな近くに二つも家を持っているのだろうと疑問に思うシリウスに、以前ヘレーネから聞いたエリカが答える。

「私用と仕事用で分けてるんだって」

「……金持ちの考えることってわからねえ」

げんなりするシリウスを尻目にエリカは力強く扉を叩《たた》いた。

「すみませーん！　エリカ・ノーランです！　ラインハルトさん、いらっしゃいますかー!?　ヘレーネちゃんに会いに来ました！」

しばらくしてゆっくりと扉が開く。

「あ、ラインハルトさん、お久しぶり、で……」

そこにいたのは確かにラインハルトだった。

しかし、二人の知る彼は精悍《せいかん》で自信に満ち威風堂々としつつも、愛想がよく親しみやすさがあった。

だが今は、冷たく射殺さんばかりの鋭い眼光であらゆるものを拒絶する雰囲気を放っている。

「何の用だ……？」

普段の彼からは予想もつかないほど愛想の欠片《かけら》もない対応である。突き放すような言葉と冷たい眼《まな》差《ざ》しは二人の存在を疎《うと》んじていることを隠そうともしない。

「あ、えっと……お久しぶりです、ラインハルトさん。ヘレーネちゃんはどうしてますか？」

「……具合が悪くて寝ている」

「えっ！　何か病気なんですか⁉」

顔を青ざめるエリカだが、ラインハルトは冷徹な態度を崩さない。

「まだはっきりとはわからない。悪いが帰ってくれ」

「え、待って下さい。せめてどういう状況かだけでも」

「帰れ」

扉は大きな音をたてて閉ざされる。それから、いくら扉を叩いてもラインハルトが出てくることはなかった。

「なんか、様子がおかしかったな」

「うん……」

ラインハルトの屋敷から離れて、二人は顔を見合わせる。

「ヘレーネちゃん、大丈夫かな」

「明日も様子見に行くか？　一応、宿はとってあるんだし」

「うん、そうだね」

エリカはもう一度だけ屋敷の方を向く。

(ヘレーネちゃん、本当に大丈夫かな)

どうか無事でいて欲しい。そう願いながら、エリカはシリウスと共に町に戻った。


日が沈んで暗闇が広がる頃、ラインハルトはある一室に向かって歩いていた。

その足下に四つの肉塊がまとわりつく。

『あんたさえ、あんたさえ……生まれてこなければぁ』

『いたい……いたいよぉ……』

『助けてぇ……』

『いやだぁ……死にたくない、死にたくないぃ……』

それらはただの幻覚である。しかし幻と割り切るにはあまりにも醜悪で悍《おぞ》ましく、常人であれば発狂してしまうだろう。だがラインハルトはそれらが常に視界に入る状態であるにも関わらず、一切動じることなく進み続ける。そうして行き着いた先にある扉を開けると、中にある寝台に一人の少女が眠っている。彼女を守るように枕元で丸くなっていた黒猫は来訪者に気づいて体を起こした。

「……ヘレーネ………」

小さく呟いて手をかざすと幻は消え、彼女の閉ざされた目蓋がゆっくりと開く。一瞬、視線が虚空を彷徨《さまよ》うも、ラインハルトに気づくとその口元に笑みが浮かんだ。

「……ラインハルト様」

嬉《うれ》しそうに安心したように自分の名前を呼ぶ声。自分を閉じ込めている男に対してどうしてそんな反応が出来るのか、ラインハルトにはいくら考えてもわからなかった。

『沈黙の棺《ひつぎ》』という呪術がある。相手の意識を奪った後、体を動けなくする術だ。代償として術者は幻覚に襲われる。この術にかかると、異常に体温が低くなり呼吸もゆっくりとなる為《ため》、傍目《はため》から見ると死んでいるように見えるのだという。

ヘレーネは自分にかけられている術について、ラインハルトからそう聞いた。

冬休みの初日以来、一日のうちラインハルトが解呪する僅か数時間のみがヘレーネの活動時間となった。それ以外の時間は全てベッドの上である。

その数時間も、ラインハルトがずっと傍にいるので自由な時間は皆無だ。

「今日、エリカ・ノーランとシリウス・キーツが訪ねて来た」

起き抜けに告げられた二人の学友の名前にヘレーネは「あの二人が……」と呟く。

きっと手紙を出せていないから心配してわざわざ来てくれたのだろう。ありがたい反面、申し訳なさを覚えているとラインハルトがヘレーネの片手を握った。

「会いたいか？」

「え……？」

「二人に会いたいか？」

エリカもシリウスも大事な友人だ。会いたいか、と問われれば、勿論《もちろん》会いたい。

「……はい、会いたいで、っ」

しかし、そう素直に答えるとラインハルトは手を握る力を強くした。その痛みでヘレーネは言葉を詰まらせてしまう。

「駄目だ」

「あ、ラインハルト様……」

「許さない」

そんなヘレーネに構わずラインハルトは言葉を続ける。その表情は、ただただ冷たい。

「会うことも、言葉を伝えることも駄目だ。俺が許さない。君はずっとここにいるんだ。ここで、俺とだけ会って、俺とだけ話していれば良いんだ。誰かに助けを求めてここから出ていこうなんて、絶対にさせない……」

「ライン、ハルト様……」

まるで握りつぶさんばかりに力が込められる手。けれど、ヘレーネはそれを振りほどこうとはせずに、もう片方の手をラインハルトの手に重ねる。

「私、どこにも行きません。ラインハルト様のお傍にずっといます」

「……っ」

我に返ったのか、ラインハルトは力を緩める。しかし、決して手を離そうとはしなかった。

「……そうやって、俺を懐柔しようとしても無駄だぞ」

「いえ、そんなつもりは……」

「嘘《うそ》だ。俺の隙《すき》を窺っているんだろう」

「違い、ます……ラインハルト様が望んで下さるのなら、私はずっと」

「嘘だ。じゃあなんで結婚を断ったんだ。傍にいるなら受け入れればよかったじゃないか」

「そ、それは、ラインハルト様の様子がおかしくて、私が一緒にいるせいかと思ってそれで」

「嘘だ。本当は俺の傍にいるのが嫌になったんだろう。恨めしくなったんだろう」

「そんなこと、ありませんっ……私はラインハルト様と一緒にいる時が一番幸せで」

「嘘だ。本当は俺から逃げ出したくてたまらないはずだ。こんな風に監禁する男の元になど一秒だっていたくないはずだ」

「私は、ラインハルト様にならば、何をされても構いません……本当です」

「嘘だ。憎んでいないはずがない。蔑《さげす》んでいないはずがない。嫌っていないはずがない。疎んじていないはずがない」

「いいえ……いいえ。私は、貴方《あなた》を愛してます」

「嘘だ。愛しているなんてありえない」

何を言っても聞き入れてくれないラインハルトにヘレーネの目尻に涙が溜《た》まる。

たとえ、この先ずっとこの部屋で過ごすことになっても構わない。自分で自由に動かせない体で、一日の大半をベッドの上で過ごし、いつ来るかもわからないラインハルトを待ち続ける時間は、とても辛《つら》いが、それも彼が望むのなら受け入れる。ラインハルトから嫌われたり疎まれたりするのは悲しいけれども、彼の気持ちならしょうがない。けれども、この気持ちだけはわかって欲しい。受け入れられなくても良い。拒絶されても良い。ただ、ヘレーネという少女は、確かにラインハルトという人を愛しているのだと、それだけは。

「ラインハルト様、お願いです……わた、しの話を聞いて下さい……」

だから涙を零《こぼ》しそうになっても、彼女は必死に言葉を発する。

「貴方と初めて出会ったあの日、私は貴方に恋をしました」

運命的な恋というものがあるのなら、あれは確かにそれだ。それまで人の言う通りにしか動けなかった人形を、一瞬にして人間に戻してしまったのだから。

「貴方と出会ったことで、私は希望を知りました。夢を見ました。幸せを得ました……だから、それを少しでも貴方に返したいと思ったんです」

それこそ、自分の全てを尽くしても構わないほどに。どこまでも、どこまでも、ひたすらラインハルトの為に。あまりに自分を度外視したその姿勢。それはきっと、彼女がラインハルトへの恋心以外、何も持っていないからだろう。

「好きです……愛しています……好きで好きで、大好きなんです……愛しているんです……」

少し親切にしてくれただけの男に恋をして全てを捧《ささ》げる。他者から見れば滑稽《こっけい》だろう、異常だろう、哀れだろう、愚かだろう。けれど、それでも構わない。ラインハルトが生きていることと、幸せであること。それが、ヘレーネの何よりも代えがたい最優先事項なのだ。

もしかしたら、自分は壊れているのかもしれないと頭の隅で考える。自分以外の誰かの為に生きる、それ自体は、とても美しく尊い行為だ。だが、過ぎれば狂気でしかない。

だが、それこそがヘレーネをここまで動かした。それだけが彼女を生かしてきたのだ。

「…………」

ラインハルトはしばらく沈黙した後、ゆっくりと口を開く。

「……君は、俺のどこが好きなんだ？」

「え、あ、えっと……ひ、一目惚れ《ひとめぼ》れ、でしたから……」

突然の質問に戸惑うものの、ここは正直にと思って言いよどみながらも答える。

「顔が好みだったということか？」

「た、確かに顔も好きですけど……でも、それだけじゃなくて……」

「なら、貴族の権力か？　当主の肩書か？　持っている財産か？　剣や魔術の腕か？」

「え、いえ、その……真面目《まじめ》なところとか、努力家で優しくて責任感のあるところとか……あ、でも、真面目すぎて自分を追い込むところは心配というか……」

好きな人に好きなところを告げるという行為に、恥ずかしさを感じるヘレーネだが、それを知る由もないラインハルトは「わからない」と呟いた。

「俺は別に優しくないが、仮に君の言う通りとして、真面目で努力家で優しくて責任感のある奴なんて、世の中には沢山いるだろう。それなのに、どうして俺なんだ？　最初に出会ったのが俺だったからか？」

「……いいえ、もしラインハルト様より先にそういう人と出会っても、好きにはなりませんでしたよ。

私は……ラインハルト様だから、好きになったんです」

「……わからない……信じられない」

「私の言っていることが、ですか？」

「ああ、そうだ」

だって、おかしいだろう。

「俺を好きだなんて、ありえない……」

ラインハルトの瞳は、全てのものを拒絶するように暗い。ヘレーネはそこに途方もない絶望を見た。

「君が初めて会った時から、俺に好意を寄せていたことは気づいていた」

「え……？」

「だが、それを信じたことはない。……いつか消えるものだと、理想との相違を見つけて勝手に色褪《いろあ》せるものだと思っていた」

自分の想いが初めから見抜かれていたことに驚くも、今は彼の話に耳を傾けることが大事である。

ラインハルトは今、自分の心の奥深くを語ってくれているのだ。

「それなのに、君はこんな目に遭ってもまだ俺を好きだと言う……信じられない。そんなこと、あるわけない……俺は……俺は、血の繋《つな》がった家族にすら愛されない存在なのに」

「……ラインハルト様」

決して自分の想いを信じようとはしないラインハルト。けれど、そんな彼をヘレーネは憎らしいとは思わなかった。やはり自分はおかしいのだろう。この部屋に閉じ込めて自由を奪い、何一つ信じてくれないこの人のことが、恋しくて、愛しくて、仕方がない。

（でも……私が、壊れているのなら、狂っているのなら、本当に…………嬉しい）

おかげで心置きなく、自分の全てをこの人の為に使えるのだから。

「ラインハルト様……そんなにご不安なら、どうか私を好きにして下さい。ずっとここに閉じ込めておくのも、檻《おり》に入れるのも、鎖で繋ぐのも、縄で縛るのも、どうぞお気の召すままに。それでも、何度だって言います……私は、貴方を愛しています」

ヘレーネの言葉を受け取って、ラインハルトは迷うように葛藤するように押し黙る。ヘレーネもそれ以上は何も言わず、彼の答えを待った。

「…………俺は」

そしてようやく口を開いたその時、硝子《ガラス》の割れる音が響いた。

「……何だ？」

突然、聞こえたその音にラインハルトは眉を寄せる。

「少し、様子を見てくる」

「あ、ラインハルト様」

不安げな表情を浮かべるヘレーネに彼は「すぐ戻る」と告げながら彼女に呪術をかけるか考えた。もしかしたら席を外した隙に逃げ出そうとするかもしれない。だったら、眠らせておいた方が得策だ。しかし……

「……シャイン、ヘレーネを見ていろ」

ずっと二人のやり取りを黙って見守っていた使い魔にそう命じてラインハルトは部屋から出て行く。

「ラインハルト様……」

シャインと共に残されたヘレーネだったが、ラインハルトはいつまで経っても戻ってこない。徐々に不安が強くなり、何かあったのだろうかと考えていると、何かが壊されるような音が聞こえてきた。

（もしかして、危ない人が入ってきたのかな……どうしよう……どうしたら……）

本来なら、このままここで大人しく待っていた方が良いのだろう。非力なヘレーネではいったところで足手まといになるだけだ。しかし、そうはわかっていても、ラインハルトが危険な目に遭っている可能性があるのに、ただ待っていることは出来なかった。

「ねえ、シャイン。お願いがあるの」

シャインがただの猫ではないことは、ラインハルトから聞いている。彼の命令で傍にいたことも。だが、眠っている自分に寄り添っていたのは、命令されたからではないことも知っている。

「誰か人を呼んで来て。もしかしたら、エリカさん達がまだ残っているかもしれない。エリカさんならシャインのことを知っているから、きっとすぐ来てくれるわ」

ヘレーネの言葉を聞いたシャインは裾を噛《か》んで、引っ張った。

それが、自分も一緒に行こうと言っているのだと察したヘレーネだったが、首を横に振る。

「ごめんなさい。一緒には行けないわ。もし、私が外に出たらラインハルト様は私が逃げ出したと思うかもしれない。そうしたら、きっとあの人は傷ついてしまう」

自分をじっと見つめる金色の瞳を見つめ返し、安心させるように微笑《ほほえ》みかけた。

「それにね、決めたの。何があっても、あの人の傍から離れないって……大丈夫、危ないことはしないから」

ヘレーネが決して考えを改めないことを悟ったのか、シャインは諦めたように口を離した。

「ありがとう……お願いね」

窓を開けると、シャインは軽やかに木に飛び移り、危なげなく地面に降りる。こちらを見上げて「ニャア」と一鳴きした後、走り去るシャインを見送り、ヘレーネもまた部屋を後にした。

時間は少し遡《さかのぼ》り、ラインハルトは剣を片手に暗い廊下を進んでいた。

(ただ窓が壊されただけならいいが……盗賊や物取りだったら面倒だな)

今日は一年のうち最も力の弱まる神輝祭で、体調も万全ではないとはいえ魔術は問題なく使えるし剣の腕にも自信がある。正直、ただの賊が何人いようとも負ける気はないし、さっさと終わらせてヘレーネの元に帰るつもりだった。侵入者の手にある物を見るまでは。

「どこだ……どこにいるんだ、汚らわしき悪魔め」

ラインハルトは内心で舌打ちして、何か呟きながら部屋を物色して回る男を物陰から窺う。

(まさか、聖職者様がわざわざお越し下さるとは……さぞありがたい説法を受けられそうだな)

皮肉げな笑みを浮かべつつも、警戒心は高まっていく。マーロン自体は、恐らく大したことはない。だが、彼の持っている白い弓。何故かはわからないが、あれは危険だと本能が訴えている。

（下手《へた》に近づかず、魔術で拘束した方が無難か……）

ラインハルトは無詠唱で中級の闇魔術を発動させた。音もなく形成された黒い鎖はマーロンが背中を見せているうちに近づき、彼を拘束する……はずだった。

「なっ……」

しかし、鎖はマーロンに近づいた途端、霧散して消えてしまう。こんなことは初めてでラインハルトは動揺を隠せない。だが、放心している暇はなかった。

「そこかぁ！」

先ほどの攻撃でこちらに気づいたらしいマーロンが弓を引く。

「ちっ！」

放たれる光の矢を避《よ》け、ラインハルトは身をひるがえした。あの弓矢が相手では真正面から戦うのは自殺行為だと確信したからだ。

「待て！」

とにかく、距離をとろうと走るラインハルトとそれを追うマーロン。命を賭けた鬼ごっこが始まってしまった。

「死ね悪魔！　セーラティア様の名のもとに、貴様を断罪する‼」

「くそっ……この頭のイカれた狂信者がっ」

マーロンが放つ無数の光の矢をラインハルトは避けるか、剣で弾《はじ》くか、闇属性以外の魔術で撃ち落としていく。傍《はた》から見れば膠着《こうちゃく》状態とも言えるそれは、実際のところ自分が不利であることにラインハルトは気づいていた。

見る限り、マーロンは武術に関しては完全な門外漢なのだろうが、あの白い弓が素人《しろうと》を恐ろしい追跡者にしている。本来、弓というのは相手との身体能力の差を埋めるのに優れている反面、扱うには長い訓練が必要な武器だ。それなのに、マーロンは問題なく使えているのを見るに使い手を補整する機能でもついていると見ていいだろう。それに、闇属性の魔術は全て無効化されてしまう上に、弦《つる》を引くだけで光の矢が形成され、いくらでも連射出来るのが非常に厄介だ。

（とにかく時間を稼いで、あの男が隙を見せたところを狙うしかない）

だからその為にも出来れば外に連れ出したい。隠れる場所や遮蔽物《しゃへいぶつ》の少ない屋敷の中ではいい的だ。

それに、ここにはヘレーネがいる。

（いっそ窓から飛び出すか？　幸い、ここは一階だ……しかし、あの男を目の前に一瞬でも無防備になるのは避けたい……一瞬でいい。なんとか目を逸《そ》らす方法を……）

そう思考を動かしていたからか、迫り来る矢に反応が遅れた。咄嗟《とっさ》に躱《かわ》すも、矢は足をかする。そう、かすっただけだ。

「あ、ああああああ!!」

それなのにまるで足がえぐられたのかと錯覚するほどの痛みが襲い、思わず膝をついてしまう。

「しまっ！」

顔を上げるとマーロンがこちらに狙いを定めているのが見えた。

「おしまいだ」

絶好の好機にマーロンは口端を吊《つ》り上げる。

「やはり私には神の加護が付いている！　見ていて下さいセーラティア様！　このマーロンが貴方の使命を果たすところを!!」

ラインハルトが立て直そうとするも、間に合わない。己の勝利を確信してマーロンは弦から指を離した。

（……ヘレーネ）

ラインハルトの脳裏に自分の手で閉じ込められているのにそれでも「愛している」と囁く少女の顔が浮かぶ。

会いたい。

死が目前まで迫っている状況で、そんなことを思った。そしてその願いは叶う。最悪な形で。

「ラインハルト様！」

突然、何かが自分と矢の間に入り込んだ。それが何なのか、誰なのか気づいたラインハルトは衝動的に手を伸ばす。だが、その手が届くより前に、光の矢が彼女の体に突き刺さった。

「ヘレーネェ!!」

「あ、ぐぅ……」

倒れ込むその体をラインハルトは間一髪で受け止める。

「な……な……」

自分の放った矢が少女に刺さったことに対し、マーロンは狼狽し、体をわなわなと震わせた。

しかし、それは決して罪悪感などではない。

「なんてことを、私の、神に選ばれた私の、崇高な使命の邪魔を……セーラティア様が下さった機会を……この、この、薄汚い売女《ばいた》め！　悪魔に足を開く魔女め！」

セーラティアは素晴らしく、彼女が与えたもうた使命も素晴らしい。故にそんな使命を与えられた自分も素晴らしい。そんな思考に陥《おちい》っているマーロンにとって自分の邪魔をしたヘレーネは許されざる存在だった。

この女も殺さねばならない。

迷わずヘレーネに弓引くマーロンだったが、彼は怒りのあまりラインハルトから意識を外していた。だから、彼がこちらに何かを投げたことに気づくのが遅れた。

「うわっ！」

投擲《とうてき》された剣に気づいたマーロンは咄嗟に身をよじる。その隙にラインハルトはヘレーネを抱え、窓硝子を割って飛び出す。そして、森の奥へとひたすらに逃げた。

「ヘレーネ、死ぬな……死なないでくれ」

暗い夜の森の中をラインハルトはヘレーネを抱えてひたすらに走り続ける。そして、そんな彼らを追う男。距離こそあるものの、決してこちらを見失わずどこまでもついてきていた。

「ちっ、しつこい奴だ……！」

毒づきながら、未《いま》だヘレーネの腹部に刺さったままの矢に手を伸ばす。

「うぐっ……！」

矢に触れると、指先から削られていくような痛みが走るが、手を離すことなくそのまま引き抜く。投げ捨てた矢は地面につく前に光の粒子となって消えたが、そんなことには目もくれず、必死に声をかけた。

「ヘレーネ、しっかりしろ……ヘレーネ」

「ん……ラ、イン、ハルト……様」

ぼんやりとした眼差しではあるが、自分を見る姿にラインハルトは安堵の息を漏《も》らす。

「よかった。傷は痛むか？」

「少し……でも、それほど、酷《ひど》くありません」

「そうか」

ヘレーネを強く抱きしめながら、ラインハルトはあの白い弓について考察する。

恐らくあれは、闇属性特化の武器なのだろう。だから闇属性の魔術は効かないが、他の属性の魔術なら通じ、自分はかすっただけでも酷い痛みが走ったが、刺さったヘレーネはそれほどではない。そのような物をどうしてあの男が持っているかはわからないが、それは一先《ひとま》ず置いておく。

問題は、あれを持ったあの男から逃げ切れるかどうか。正直なところ、逃げ切れるとは思えない。ヘレーネは歩くのも辛いだろうし、自分は逃げる為とはいえ剣を投げたので丸腰。それに比べ、あっちは無傷で強力な武器を持ったまま。もし仮に、ヘレーネを逃がす為に自分があの男を足止めしたとしても、上手くいって相打ち、下手をすれば一撃で倒され、すぐに彼女も殺されてしまう。

（くそっ……どうすれば……）

ヘレーネもまたラインハルトの腕の中で、自分達の状況が非常に危ういことを感じていた。

どうすればラインハルトが助かるか考える。自分を置いていけば、もしかしたら彼は逃げられるかもしれないが、決してそんなことしてくれないだろう。それにヘレーネだって死にたくない。もっと、ラインハルトの傍にいたい。幸せに生きるラインハルトの傍で生きていきたいのだ。

（何か、何か……私に出来ることは…………そうだ）

自分の首にかけているペンダントの存在を思い出す。魔具であるペンダントは眠らされた当初、手元から離れていたがラインハルトに頼んで付けさせて貰っていたのだ。自分を閉じ込めておきたいのに、使って逃げ出そうとするかもしれないのに、付けることを許してくれたことは、渡しても問題ないと判断したからかもしれないが、それでも、嬉しかった。

（これを使えば……）

この魔具を貰ってから上達したものや、使えるようになった魔術がいくつもある。こんな状態でも少しは使えるはずだ。

「ラインハルト様……お願いがあります」


「逃がさん……！　逃がさんぞ、悪魔と魔女め……！」

マーロンは未だ遠くにいる二人から目を離さず、森を駆け抜ける。その口元に浮かんでいるのは歪んだ笑み。彼は自分が負けることなど、微塵《みじん》も考えていなかった。彼の脳裏にはすでに崇高なる使命を全うし、セーラティアから祝福を与えられる自分の姿が浮かんでいる。

もはや、あの悪魔と魔女は脅威になりえない。だから一刻も早くあの二人を仕留めなくては。そう思うマーロンだったが、その視界は徐々に不明瞭になっている。

「霧？　こんな時に、厄介な」

もし、これであの二人が自分から逃れ人里に出れば、きっと無関係な人を巻き込み、人質に取るという卑劣な行動をとるに違いない。そんなこと決してさせるものかと考えるが、前方の足音が不意に消えてしまう。

「何っ!?」

マーロンは足音が途絶えた場所に向かい、周囲を見渡した。

「くそっ……どこにいる!?」

目を鋭く光らせ、人の気配がしないか感覚を研ぎ澄ます。

(落ち着け……まだ近くにいるはずだ。きっと、どこかに隠れているのだろう。姑息《こそく》な連中だ)

息を潜め、二人の痕跡がないか慎重に探し回る。そして、見つけた。

(いた……！)

木の陰から僅かに覗《のぞ》いている服。それはラインハルトが着ていた外套《がいとう》と同じものだった。

(ああ、やはり天は私の味方をして下さっている！)

興奮を抑えつつ、ゆっくりと距離を詰める。今度こそ、この一撃で仕留める為に。そして十分に狙える距離まで来ると、深呼吸をして弓を引く。

(これで……終わりだぁ！)

醜悪ともいえる笑みを浮かべて矢を射るマーロンだったが、すぐにおかしいことに気づく。悲鳴も、人が倒れる音もしないのだ。様子を見に行くとその理由がわかった。

「なっ」

服の中身は人ではなく、木だったのだ。これは罠《わな》だと気づいたマーロンは慌てて警戒するが、もう遅い。隠れていたラインハルトが飛び出し、マーロンに襲いかかる。

「こ、このぉ!!」

焦ったマーロンは矢を連射する。大半は外れたが、幾本かはラインハルトを正確に捉えていた。

(勝った!)

その数本の矢はラインハルトの体を射貫き、マーロンに勝利を運んでくれる、はずだった。しかしこの直後、彼は信じられないものを見る羽目になる。

矢はラインハルトに当たる直前、まるで何かに阻まれるように弾かれてしまったのだ。

「な、あ!?」

神の矢が弾かれるなど、ありえるはずがない。目の前で起こったことを受け止められず、マーロンは固まってしまう。ラインハルトはその勝機を決して逃さなかった。

「がはっ」

マーロンの顔を思い切り殴りつけると彼の体はそのまま木に激突し、ずるずると倒れ込んだ。

「ヘレーネ!」

マーロンが気絶しているのを確認したラインハルトは急いで彼女が隠れている場所に向かう。木の陰でうずくまるヘレーネは顔色を悪くしながら、それでもラインハルトに微笑みかける。

「よかった……上手く、いきました、ね」

「ああ、ああ、君のおかげだ」

ラインハルトは彼女を抱きかかえると町に向かって走り出す。

その腕の中で、ヘレーネは徐々に意識が遠のくのを感じた。ただでさえ負傷しているのに、魔術を二つも発動させたのだから、体力を消耗してしまったのだろう。

（でも、『霧の幕』も『氷結の障壁』もうまく出来てよかったぁ……）

特に『氷結の障壁』は一年の時、使えなかった魔術だ。必要がなくなっても、意味がなくなっても、魔術の練習を続けていてよかったと、心から思った。

「ヘレーネ、ほら、見えるか？　町の灯りだ！　もうすぐ、もうすぐだからな」

（……あかり）

ラインハルトの言葉に目を凝《こ》らすも、霞《かすみ》がかった視界では、何も判別出来ない。

（なんだかよくみえない……それに、さむいし……ねむたく、なってきた……）

本人の意思に関わらず、どんどん下がっていく目蓋。それが無性に怖くて、ヘレーネはラインハルトの名前を呼ぼうと口を開く。けれど、開いた口から言葉が出ることはなかった。

「……ヘレーネ？」

違和感を覚えたラインハルトが視線を下に向けると、気を失っていたヘレーネに気づく。

「くそぉ！」

その時、焦るラインハルトの視界に人影が映った。それは、彼も知っている人物である。

「ヘレーネちゃん！　ラインハルトさん！」

シャインに導かれるように、息を切らしてやってくるのはエリカとシリウス。

「ヘレーネちゃん!?　しっかりして！」

「どうしたんだよ、これ！」

二人は傷だらけのラインハルトと腹部から出血している意識のないヘレーネの姿に驚きを隠せない。

シャインも心配そうにヘレーネを見つめる。しかし、今は説明をしている暇はなかった。

「話は後だ！　頼む、ヘレーネを助けてくれ!!」

「っ、はい！」

「俺は人を呼んでくる！」

シリウスは町に戻り、エリカは地面に横たえられたヘレーネの傷口に手を置いて治癒魔術を施す。

だが、血は止まらない。

（どうしよう……今の私の力じゃこれ以上は……）

治癒魔術に問題はない。恐らく、もっと魔力を注ぎ込めればいいのだろう。そしてエリカにはそれが出来るだけの魔力が備わっている。

しかし、この初めて治癒魔術を施す相手が大切な友人という状況は、彼女の精神を平常心とは程遠いものにしていた。こんな状況で、まだ自分の魔力を完全に制御出来ていないエリカがこれ以上魔力を使えば、また暴走を引き起こしてしまうかもしれない。

焦燥するエリカの手に誰かの手が重なる。

「ラインハルトさん……」

「俺の魔力を貸す」

「え、でも、ラインハルトさんは闇属性で」

「ああ。だがそれしかない」

適性属性以外の魔術を使用するには自分の魔力を変換しなければいけない。この場合、ラインハルトの魔力をエリカが使う光属性に変換する必要がある。この魔力の変換はそれだけで魔力を多大に消費してしまうのだが、特に光を闇に、闇を光に変えるのは相当難しい。

だが、それでもやるしかないのだ。

今ここでヘレーネを救えるのはエリカとラインハルトだけなのだから。

「……いくぞ」

「はい」

ラインハルトは意識を集中させ、自分の中にある魔力を変換していく。そして変換した魔力をエリカに移す。渡された魔力を余すことなくヘレーネに注ぐエリカは、治癒魔術に集中しつつも頭の片隅で不思議な感覚を感じ取っていた。

(なんだか……この魔力……懐《なつ》かしいな)

ラインハルトから渡される魔力は奇妙なほどエリカによく馴染《なじ》んだ。そしてなぜか、よく知っているような気がした。しかしこれ以上思考を割《さ》くことは出来ず、後はひたすらヘレーネの傷を治すことに専念する。

一方のラインハルトはどんどん自分の中の魔力が削られていくのを感じていた。

この力に目覚めて以来、これほど力を消費したのは初めてのことだ。

魔力の大量消費は血が抜けていく感覚に似ている。あまりに急激な減少に目眩を覚えるもそんなこと知ったことかと無視した。彼女を救いたい。その一心で。

（ヘレーネ……頼むから、死なないでくれ……！）

それから、どれほどの時間が経っただろう。ようやく塞がった傷口に二人は安堵の息を漏らした。

長い夜が、ようやく終わったのだ。

■■■

翌日、ラインハルトを襲撃した男が、セーラティア教会の大切な聖遺物を持ち出した盗人《ぬすっと》であると聞いたのは守衛と共にやってきたセーラティア教会の老司祭からだ。さらにこの老司祭はマーロンの師であり弓の管理者だったらしく、被害者であるラインハルトに深々と頭を下げた。

「本当に、本当に申し訳ない……私の、不手際でこのようなことに……」

涙を浮かべ真摯《しんし》に謝罪する彼を非難することはせず、ラインハルトはマーロンを引き渡す。

教会にとってとても大事な聖遺物を盗んだだけではなく、領主にも手を出した彼がこの後どうなるかは想像に難《かた》くない。本人もそれがわかっているのか、マーロンは最後まで抵抗し、自分の罪を認めることはなかった。

「なぜ、何故私が罪人になるのだ！　私は、セーラティア様の使命を果たそうとしただけだ！　何故邪魔をする！　バルタザール先生！　貴方からもおっしゃって下さい！　私はただ信仰を、この世の安寧を守ろうとしただけなのだと!!」

守衛達に連れられ、馬車に乗り込む直前まで彼はそう言ってはばからなかったが、老司祭はその言葉に応えず、無言で近づくと手を大きく振り上げその頬を打ち付けた。

「いい加減にせい！」

その鋭い怒号の迫力は、遠くからことの成り行きを見守っていたシリウスを怯《ひる》ませるほどだった。

男はそれまでの威勢をなくし、呆然《ぼうぜん》とした様子で素直に馬車に乗り込み、老司祭もそれに続く。小さくなる馬車の中で、二人がどんな会話をしたのか、あるいは会話なんてなかったのか、ラインハルトとシリウスは知らないいし、知る必要もない。

「お疲れ、あんたも休んだらどうだ？」

「いや、ヘレーネのところに行く」

とりあえず傷口が塞がった後、シリウスが連れてきた医者に診《み》せたが、あとは彼女の気力に任せるしかないらしく、今もまだ眠っている最中だ。

「けど、あんただって傷だらけじゃないか。少しは体を休めた方が良いぞ」

「……どうせヘレーネのことが気になって休めない」

さっきだって本当は他の誰かに任せて自分はヘレーネの傍にずっといたかったのだから。

シリウスはそんなラインハルトに苦笑を浮かべずにはいられなかった。

「あんたって、本当にヘレーネのこと好きなんだな」

「………そうだな」

肯定するまでの奇妙な沈黙に気づかず、シリウスはあくびをする。

「ふぁ……悪いんだけど、ちょっと寝かせて貰っていいか？」

「ああ、好きな客室を使ってくれ」

シリウスは適当な客室を探し、ラインハルトはヘレーネの元に向かった。

ヘレーネの部屋では彼女だけではなく、寄り添うようにして横になるシャインとベッド横にある椅子でうつらうつらと舟を漕《こ》いでいるエリカがいた。ラインハルトの入室に気づいたシャインは断りを入れるように一言「にゃあ」と鳴いて部屋から出て行く。気を利《き》かせたのだろう。

エリカもラインハルトの気配で目を覚ましたのか、体を大きく伸ばして立ち上がる。

「ふぁ……もう話は終わったんですか？」

「ああ」

「じゃあ、私も少し寝ますね。何かあったら起こして下さい」

「わかった」

部屋から出て行こうとするエリカだったが、ドアノブに手をかけたまままくるりと振り返った。

「その子のこと、大事にしてね。兄さん」

ラインハルトはその言葉に長い沈黙の後、小さく「ああ」と返す。

「お前には、いつもいつも世話をかけっぱなしだな」

「ふふ、兄さんは昔からいろいろ出来たからか、なんでも一人でこなそうとして、それでいて変なところで不器用だったものね。そういうところ、変わってない」

「そうだな……そのせいでお前と殺し合うことになった」

「ええ……でもね、私は兄さんのこと、憎んでないわ。あんなことになったのは時代のせいよ」

「どうかな。俺とお前は共に親に裏切られ捨てられたのに、お前にはそれでも人を信じ愛せる強さがあった……俺にはそれがなかった」

口を開きながら、今喋《しゃべ》っているのは誰だろうかとラインハルトは思った。声を発しているのは確かに「ラインハルト」と「エリカ」なのに、会話をしているのは別の誰かなのだ。恐らくエリカも同じ状況なのだろう。

けれど、どうしてだか不快感や恐怖はない。むしろ、過去のしがらみが清算されていくようだった。

「……ねえ、その子ってなんだか、不思議ね。本当にかすかだけれど、私達に力を分け与えてくれたあの方の気配がすることがあるわ」

「ああ……」

「もしかしたら、その子はあの方が兄さんを救う為に遣わされた天使かもね」

「さあな。そうかもしれないし、そうじゃないかもしれない」

どっちでもいいことだ。ヘレーネが傍にいてくれるならそれだけで十分なのだから。

「それじゃあ今度こそ、さようなら、兄さん」

「ああ、達者でな」

その言葉を最後にエリカは部屋を出て行く。

きっと、もうこんなことは起きないだろう。ラインハルトではないラインハルトが、そしてエリカではないエリカが表に出ることはなく、二人が会話することもない。それで、いいのだ。

ラインハルトはさっきまでエリカが座っていた椅子に腰かけ、ヘレーネを見つめる。

(好き……か)

先ほど、シリウスから言われた言葉を思い返す。それはラインハルトにとっては思いもよらぬもので、けれど不思議なぐらいするりと胸の中に入ってきた。

(……そう、なんだろうな)

実を言うと、ラインハルトはヘレーネを閉じ込めていた際、手籠《てご》めにするつもりだった。そうした方が、彼女を自分の物にしやすいと思って。けれど結局は、手を出すどころか口づけ一つしなかった……出来なかった。ヘレーネの顔を見ると、どうしても躊躇《ためら》ってしまったのだ。

(それにしても、俺も大概鈍《にぶ》いな)

ラインハルトは自嘲的な笑みを浮かべる。

ヘレーネを失いたくなかった。ヘレーネさえ傍に居てくれれば他にはなにもいらなかった。ヘレーネが自分から離れそうになればそれだけで気がおかしくなりそうで、ヘレーネが笑えばそれはどんな宝石よりも輝いてみえた。

その根底にあるのがただ単純に、彼女への好意だと気づけなかったのだから笑える話だ。

いや、本当はわかっていたのかもしれない。だが受け入れられなくて、認めたくなくて、目を逸らして、気づかぬふりをしていたのかもしれない。けれど、それも終わりだ。

静かに寝息をたてる彼女の手を取り、祈るように握った。

「……ヘレーネ、お願いだから、目を覚ましてくれ」

その時、手が僅かに握り返された。

■■■

美しい曲と共に流れる映像を彼女は見つめる。そこには、黒髪の青年と桃色の髪の少女が幸せそうに微笑み合っていた。これは彼女の趣味である女性向け恋愛ゲームだ。彼女はこういったゲームが大好きで平日、休日構わず時間を作ってはやりこんでいた。特にこのゲームは発売されるまでずっと待ち遠しくてたまらなかったほど楽しみにしていたゲームである。

理由はこの青年のキャラクター。どうしてだか、一目見た時から気になって仕方がなかったのだ。だからゲームを始めてこのキャラクターが死んでしまった時はショックのあまり泣いてしまった。なんとか生き残るルートはないかと探して、ようやく見つけたのがこの隠しルートだ。

「そっか……ヒロインと結ばれれば、助かるんだ」

口から零れた言葉にも、頬を流れる涙にも、締め付けられるほどの胸の痛みにも気づかず、彼女はひたすら人工の光を放つ画面を見つめ続けた。

(この人は、前の私……)

そしてそんな『彼女』をヘレーネは虚《うつ》ろな意識の中で見つめていた。

『彼女』自身は勿論、『彼女』がいる部屋にもそこに置いてある物も、ヘレーネには大いに見覚えがあった。『彼女』が見ている画面を覗き込めばそこに映っているのはラインハルトとエリカのエンディングシーン。とても幸せそうなのに胸が張り裂けそうなのは、恋心故か。

(ラインハルト様……)

会いたい、そう思った。けれど、どうすれば会えるのかがわからない。

(ラインハルト様……ラインハルト様はどこ?)

探しに行こうにも、体が動かない。そこで気づく。自分は今、立っているのだろうか? 座っているのだろうか?

(そもそも、私……生きてるの?)

屋敷に侵入してきた男をなんとかして倒し、その後ラインハルトの腕に抱かれ、町に向かっているところで記憶は途切れている。もしかして、自分はあの時死んでしまったのではないか。そう思い至った瞬間、ヘレーネに途方もない恐怖が襲いかかる。

(いや、そんな……)

一度は経験した死。けれど、その程度で死への恐怖がどうにかなるわけもなく、ヘレーネを容赦なく追い詰めた。

（ラインハルト様、ラインハルト様ぁ！）

会いたくて、戻りたくて、帰りたくて、けれど、自分に出来ることは何もなくて。泣こうにも涙すらでなくて、絶望に浸ることしか出来ない。

けれどその時、温かくて優しい何かが彼女の手を取った。

『ヘレーネ』

そして聞こえてきたあの人の声。

（ラインハルト、様……）

たったそれだけでヘレーネの心から恐怖が拭《ぬぐ》い去られていく。それと一緒に意識が徐々に薄くなっているのに気づいた。けれど慌てることはなく、まるで母の腕に抱かれた赤子のように安心しきってその感覚に身を任せる。

ふと、未だ画面を見つめたままの『彼女』に目を向けた。かつての自分。ヘレーネは知っている。彼女はこの日からそう遠くない未来、その命を散らすことを。家族とは縁がなく、親しい友もおらず、愛する人も出来ず、一人で部屋に閉じこもってばかりだった自分の人生はなんだったのだろう、そう最期《さいご》に思うことを。

だが、『彼女』がいなかったらラインハルトが死んでしまうかもしれないことに気づけず、また彼を救う手立てもわからなかった。そしてその記憶がなかったら、きっとヘレーネはラインハルトに近づこうともせず、遠くから眺めるだけで終わっただろう。好きな人の命の危機ぐらいのことがなければ、行動に移せない消極的な人間だとヘレーネは自覚していた。

（あのね、『私』……『私』の人生は決して無意味じゃなかった、無駄なんかじゃなかったよ……）

それを最後にヘレーネの意識は真っ白になった。

まず目に飛び込んで来たのは見知った天井。それから自分を心配そうに見守るラインハルトの姿。

「……ラインハルト様？」

「ヘレーネ……目が覚めたんだな」

「ラインハルトさ、っ！」

「ヘレーネ！」

起き上がろうとするも、体に痛みが走りバランスを崩してしまう。しかし、倒れる前にラインハルトが支えてくれたおかげで、なんとか上体を起こすことが出来た。

「まだ病み上がりなんだ。無理をしなくていい……」

「は、はい……」

密着する体に、体温が上昇する。矢に射られた時はその腕に抱かれていたが、あの時は気にする余裕がなく、改めて彼との距離がこんなに近くなると恥ずかしくなってしまう。

「あ、あの……私はもう大丈夫ですから」

「……嫌か？」

離れようと身をよじるとラインハルトがそんなことを言う。その顔がなんだか悲しげでヘレーネは慌てて否定する。

「い、いえ、そんなことはありませんっ」

「そうか……」

ラインハルトは安心したように微笑んだが、その笑みはすぐに消えた。

「……本当に、助かってよかった」

矢が刺さった時のことを思い出したのか、自分を支える力が強くなったのを感じて、ヘレーネはその腕にそっと触れた。

「ごめんなさい……体が勝手に動いて」

「謝らなくていい。謝らなくてはいけないのは、俺の方だ……もっと慎重に行動していれば、さっさと君を連れて逃げていれば、こんなことにならなかった。本当に、すまない」

「そんな、ラインハルト様は何も悪くありません」

彼らしくもなく打ちひしがれたその姿が、なんだか泣いているように見えて、ヘレーネは力の入らない体でそれでも精一杯強く、彼の体を抱きしめた。

そしてその胸に耳を押し当てると、鼓動が聞こえてくる。

（……ラインハルト様が生きている音……）

それが、彼女にとって何よりも代えがたい祝福だった。

「ラインハルト様も、ご無事で本当によかったぁ……」

気づけば頬を、一筋の雫《しずく》が濡《ぬ》らす。それを優しく拭われて、顔を上げるとラインハルトがいつになく穏やかな目をしていた。

「……ヘレーネ、俺の昔話を聞いてくれるか？」

「はい……」

とても大事な話だと気づいたヘレーネは姿勢を正すが、「そんなに堅くならないでくれ」と苦笑されてしまう。

だが、彼が語った過去は想像を絶するものだった。

貴族の愛人の子であること。ずっと虐《しいた》げられていたこと。家族から殺されかけて、逆に殺したこと。どれもこれも、ヘレーネが知らないことだった。ゲームでは単に、家族を早くに喪《うしな》い家督を継いだことしか説明されていなかったから。

「皮肉な話で、周りから殺されかけるほど嫌われていた俺だけが生き残った。それからは奇妙なほど何もかも上手くいって、それまで誰にも見向きもされず、家畜にも劣る扱いを受けていた俺は周囲が羨むほどの地位や名誉を手に入れることが出来た」

その声はとても平淡《へいたん》で、怒りも憎しみも悲しみも、何一つ見つからない。それが余計にヘレーネには悲しかった。

「だが、俺は全く満足出来なかった。何をしても、誰といても満たされなくて、虚《むな》しくて、苦しくて、長いことそれが何なのかわからなかったが、今ならわかる。……俺はずっと、誰かから愛されたかったんだ」

「ラインハルト、様……」

耐えきれず、ヘレーネは彼の名前を呼んだ。だけど、それ以上言葉が続かない。

胸が引き裂かれそうなほど痛んで、目からはどんどん涙が溢《あふ》れてきて、唇からは嗚咽《おえつ》が漏れそうになる。苦しいのも辛いのも悲しいのも彼の方なのに、慰めることすら出来ない。

「……人を殺した俺が怖くないのか？　臆病で情けない男だと呆《あき》れないのか？」

そんなことないと言葉で伝えたくても声が出なくて、首を必死に振って否定する。

「実を言うと……未だに君の気持ちが信じきれないんだ。君は言葉でも行動でも、愛していると告げてくれているのに、心のどこかで疑ってしまう……すまない。信じたいのに、信じられない……」

自分を抱きしめる腕が温かくて、撫でてくれるその手が優しくて、だからヘレーネは今ここで伝えたいと思った。どんなに情けなくてみっともなくとも、どうしても伝えたかった。

「ら、ライン、ハルト様……ん、んっ……好き、です……愛して、ますから……」

臆病で脆弱《ぜいじゃく》で易《やす》きに流れやすいヘレーネが持つ、唯一揺るがないもの。

ラインハルトへの想い、それが彼女の原動力だ。

その彼が自分の愛を信じたいのだという。だったら自分は彼から離れず、愛し続けるだけ。

どちらにしろ、自分は彼しか愛せないのだ。きっと死んで、生まれ変わっても、何度だって彼に恋をしてしまうに違いない。

「……こんな気持ちでこんなことを言うのは間違っているかもしれないが……どうか、俺の傍に一生いてくれ。もう二度とあんな酷いことはしない。だから、俺と、結婚して欲しい」

震える声。そんなに怖がらなくても、答えは決まっている。前の時は断ってしまったが、その時だって決して嫌だとは思わなかったのだから。

「はい、よろしくお願いします」

抱きしめる腕の力が強くなる。

「……いいのか？　こんな俺で、本当に」

「私の好きな人を、こんななんて言わないで下さい」

紫の瞳と金色の瞳が交差してゆっくりと近づく。

「ラインハルト様、愛しています」

「俺も……愛しているよ、ヘレーネ」

そして、二人の唇は重なった。

終章　この恋を捧ぐ

「あ、見て。新入生たちだ」

「本当だ。なんだか初々《ういうい》しいですね」

「ねー」

暖かい陽気に花が芽吹く頃、今日から自分達の後輩になる生徒達を、ヘレーネとエリカはベンチから眺めていた。

「今年の担任もユージーン先生だったよね」

「ええ、シリウスさんもアンリさんもニコラスさんも一緒です」

「皆とバラバラなのも寂しいけど、ちょっと代わり映えしなさすぎだと思わない？」

「そう言って、シリウスさんと一緒で嬉《うれ》しいんでしょう？」

エリカとシリウスが互いに憎からず思っているのは誰が見ても明らかだ。初々しくて焦《じ》れったい二人の関係に、「さっさと付き合えばいいのに」「ねー」と話していたのはアンリとニコラス。ユージーンは「恋もいいけれど、勉強もしっかりね」と釘《くぎ》を刺しつつ、優しく見守っている。

「え、いや、まあ、嫌じゃないけど、ちょっとだけだよ！　ちょっとだけ！」

「ふふ」

こんな風に誰かとのんびりお喋《しゃべ》りするだなんて、入学当時のヘレーネなら想像も出来なかっただろう。

思えば、入学してからの二年間、それまで生きてきた十五年を遥《はる》かに上回る充実した日々だった。

きっと自分の人生はラインハルトと出会ってから本当の意味で始まったのだろう。

「けど、なんだかあっという間の一年間だったね。この分だと卒業がすぐ来ちゃいそう」

「その前に卒業試験がありますよ」

「あー、そっかー……今から気が重いなー」

大きく溜息《ためいき》をつくエリカを尻目にヘレーネは膝《ひざ》に乗っかっているシャインを撫《な》でている。

もうこの学園にラインハルトはいない。理由は勿論《もちろん》、卒業したからだ。今は自分の屋敷で領主としての仕事を行っているだろう。ラインハルトのいない学園生活に不安がないわけではない。しかし、一人でも頑張って、一回り大きく成長した姿をラインハルトに見て貰《もら》うのだ。

「それじゃあ、そろそろ入学式の時間だし、行こうか」

「そうですね」

見れば他学年の生徒も講堂に集まっている。二人もそろそろ向かった方が良いだろう。

先に行くエリカに続く為、シャインを膝から下ろそうとするヘレーネだったが、ふとシャインの瞳を見つめる。そこには婚約者と同じ、金色の瞳がヘレーネの微笑みを映していた。

「少しだけ、待っててね。必ず、貴方《あなた》の元に帰りますから」

ヘレーネの言葉にシャインは何の反応も示さない。けれど、ヘレーネは笑みを深めた。まるでその瞳の向こう側で想い人が聞いているのを確信しているかのようだ。

まだ追いかけてこないヘレーネに焦れた様子で、エリカが「ヘレーネちゃん、早く！」と声をかける。ヘレーネは今度こそシャインを下ろして「今行きます」と言って友人の元に急いだ。

後に残された黒猫は、その背中が見えなくなるのを待ってから茂みの奥へと進んでいった。

この恋を捧ぐ　番外編

番外編　春、一歩近づく二人

ヘレーネとラインハルトが婚約して数ヶ月が経《た》った。ラインハルトは学園を卒業し、ヘレーネは二度目の春休みの最中である。

ヘレーネが最も恐れていたラインハルトの死は回避され、さらには婚約まで至り、まさに順風満帆。不安や不満等、何もないかのように思える。

しかし現在、彼女は困惑していた。

「あの、ラインハルト様……えっと」

「どうした？　何か気に入らないのか？」

「いえ、そういうわけじゃないんですけど……」

ヘレーネの眼《め》の前にはネックレスが置かれている。宝石がいくつも付けられているそれは傍目《はため》から見ても高価そうに見えた。

「ヘレーネに似合うと思って用意したんだ。ほら、見せてごらん？」

「あ……」

ラインハルトはネックレスをヘレーネに付けると、それを鏡で見せる。

「ああ、やはりよく似合っている。綺麗《きれい》だ、ヘレーネ」

「あ、ありがとうございます」

ラインハルトからの賛辞に照れを覚えながらも、鏡に映る自分の笑顔はどことなくぎこちない。

（……どうしよう）

どうしても素直に喜べない理由が、ヘレーネにはあったのだ。


問題は学園から屋敷に戻ったその日の夕食時、ヘレーネがラインハルトから小さな箱を渡されたことにより始まる。

「ラインハルト様？　これは？」

「開けてごらん」

促《うなが》されるまま開けてみると中にはいっていたのはイヤリングであった。

「わあ、可愛い」

赤い宝石に繊細な装飾が施されたそれを、ヘレーネは一目で気に入る。

「ヘレーネは耳飾りを持っていなかっただろう？」

「ありがとうございます！　嬉《うれ》しいです」

最愛の人からの贈り物を、この時はまだ無邪気に喜んでいた。

だが、贈り物はこの日だけではなかった。次の日は頬紅、その次の日はドレス、またその次の日には靴と連日ラインハルトはヘレーネに何かしら贈り続けているのだ。

流石《さすが》にこれは少しおかしいのではと思ったヘレーネだったが、未《いま》だにそのことを指摘出来ない。

だって、せっかくラインハルトが自分の為《ため》に用意してくれたのに、それを拒否するような真似をしたら彼が傷ついてしまうのではないかと思うと、どうしても告げられなかったのだ。


(でも、これ以上貰《もら》っても、無駄になっちゃうかもしれないし……)


ヘレーネは自室のベッドに、春休みに入ってからラインハルトから貰った物を並べてみた。広いはずのベッドはあっという間に占領され、あと少しで溢《あふ》れ出てしまいそうだ。

ラインハルトから何か贈られるのはすごく嬉しい。けれど、贈られた物を一度も使用しないまま死蔵してしまうのは嫌だ。

だが、生憎《あいにく》と今の彼女には使う機会はそうそうない。

ラインハルトの婚約者として舞踏会に招待されることはあるものの、まだまだ少ないし、日常的に使うには高価すぎて躊躇《ためら》いを覚える。

どうすればいいだろうかと頭を悩ませているとノックがされた。

「ヘレーネ、いるか？」

「ラインハルト様」

扉を開けるとそこには案の定、婚約者がいる。手に何かを持って。

「えっと……」

「ああ、これか？　ヘレーネにぴったりだと思って」

そう言って渡されたのは革の鞄《かばん》であった。これも、すでにいくつも貰っている。

「その、すいません。いつも、こんな高価な物を……」

「別に気にしなくていいさ。俺が贈りたいから贈っているだけだ」

「はい……」

やはり、このままでは駄目だと改めて思う。だって、こんなに沢山《たくさん》の物をヘレーネは貰っているのに、何も返せていないのだ。

一方的に何かを与えられるのは、少し居心地が悪くて、申し訳がない気持ちになってしまう。

「あ、あの、ラインハルト様……」

「ん？　なんだ？」

「その……大変申し訳ないのですが、そろそろしまうところがなくなってしまって……」

遠回しにもう十分だと告げてみる。

「そうか……それなら、空き部屋に置いておこう。それなら君の部屋の邪魔にはならないだろう」

だが、通じなかったのかラインハルトはそう返して来た。

「え、えっと……ラインハルト様、私そんなに貰っても、使いきれません」

やむを得ず、先ほどより率直な物言いになってしまうが、それにもラインハルトの反応は鈍《にぶ》い。

「だから？」

「だから、その……もったいないですから……」

はっきりと拒否することが出来ず、口ごもるヘレーネをラインハルトはじっと見つめる。

「……いらないのか？　それとも邪魔か？」

「いえ、あの……これ以上貰っても、宝の持ち腐れというか……」

「……不要なら、捨てるなり売るなりすればいいんじゃないか？」

「え……」

事もなげに告げられた言葉に、ヘレーネはあ然とした。

「だから、捨てるか、売るなりしてくれ。それでいいだろう」

「…………」

ラインハルトの言葉でここまで傷ついたのは初めてだ。

ヘレーネの様子が変わったことに気づいたのか、ラインハルトが「ヘレーネ？」と呼びかける。

「……誰も、いらないなんて、邪魔だなんて言ってません」

小さくて震えるその声は、ラインハルトを動揺させるには十分であった。

「どうしたんだ？　何がそんなに嫌なんだ？」

「あのね、ラインハルト様……私、ラインハルト様からこんな風に贈り物をされるの、すごく嬉しいです。どれもこれも全部、私の宝物です」

ヘレーネは怒っていた。たとえ閉じ込められようとも、自分の言葉を信じて貰えなくとも、悲しむことはあっても怒ることはなかった彼女だが、自分の大切な物を「捨てればいい」とあっさり言ったラインハルトに初めて怒りを覚えたのだ。

「だから、全部大切に使いたいんです。一度も使うこともないまま、ずっとしまいっぱなしになんてしたくないんです。捨てるとするならちゃんと使って使って、使い潰して、もうこれ以上使いようがないところまで行ってからです」

「そ、そうか……それは、すまなかった」

初めてヘレーネに怒られたラインハルトだが、正直あまり怖いとは感じなかった。それでも初めて怒った婚約者の姿に戸惑いを覚えつつ謝罪する。

「しかし、君はあまり贈り物を喜んでいなかっただろう？　趣味が合わなかったとか、気に入らなかったからじゃないのか？」

「違います。ただ、貰いっぱなしなのが嫌だっただけです。私だってラインハルト様に何かあげたいのに、あげられる物がないから、だから後ろめたかっただけです」

「……そんなことを思っていたのか」

それはラインハルトにとって、全く想像もしていなかった答えだったのだろう。少しばかり呆然《ぼうぜん》と呟《つぶや》く。

それを聞いて、今度はヘレーネが彼に問いかける。

「ラインハルト様、どうして私が喜んでないって思っていたのに、こんなに沢山くれたんですか？」

「……君を少しでも喜ばせたかったんだが、物を贈ることしか思いつかなくてな……趣味に合わずとも、売れば金になるだろうと思って……」

「そんなお金なんてかけなくても、抱きしめてくれたり、キスしてくれたりしてくれれば、それだけで私は……私、は……」

言葉を詰まらせるヘレーネの顔が徐々に赤くなる。

怒りが収まり、冷静さを取り戻すと同時に、自分がとんでもないことを言っていることに気づいたからだ。

「い、今のは……忘れて下さい」

「なるほど、抱きしめたりキスをしたりすればいいんだな」

「忘れて下さい！」

真っ赤になった顔を隠すように、鞄を顔に押し当てるヘレーネだったが鞄は取り上げられ、ラインハルトに抱きしめられる。

「なあ、君はさっき、何もあげるものがないと言ったが、俺は君と一緒にいるだけで十分すぎるほど貰っているんだ」

「……でも、私もラインハルト様に何かしたいです」

「そうか……それじゃあ、もう少し我儘《わがまま》になって欲しい」

「我儘？」

「ああ。もっと君の思ったことや感じたこと、やってみたいことや行ってみたい場所、そういったものをいろいろ聞かせてくれ。それから、敬語も少し減らして欲しいな。畏《かしこ》まった態度が嫌なわけじゃないが、もう少し気楽に接しないか？　俺達は婚約者なんだから」

ラインハルトの言った内容は、自分にしか得がないように思えたが、しかし魅力的でもあった。

実を言うと、ヘレーネにはずっとやりたいことがあったのだ。けれど、はしたないと思われるのが怖くて耐えていたのだが、ラインハルトがこう言っているのだから、少しぐらい甘えてもいいだろうか。彼の言う通り、自分達は婚約者なのだから。

「あの、ラインハルト様……敬語の方は、癖のようなものですから、すぐには直せませんが、少しずつ変えていきますね……それから、その……少し、しゃがんで下さい」

「ん？　こうか？」

ラインハルトがヘレーネの言葉に従い、身をかがめるとすかさずその頬に唇を押し当てる。

「ずっと、自分からキスをしてみたいと思っていたんです」

キスをするのも、抱きしめるのも、愛を囁《ささや》くのも、いつだってラインハルトからだった。

だから、たまには自分から、と思っても恥ずかしくて、行動に起こせなかったのだ。

でも、今回はラインハルトからヘレーネの我儘を聞きたいと言ったのだから、これぐらいは許されるはずである。

「………」

「あの、ラインハルト様」

しかし、いつまでも反応のないラインハルトにヘレーネは不安を覚えた。

（ど、どうしよう、やっぱり嫌だったのかな？　もしかして、調子に乗りすぎた？）

途方に暮れるヘレーネだったが、その体はまたラインハルトの腕に閉じ込められてしまう。それも、先ほどよりずっと強く。

「ら、ラインハルト様!?」

「君は、本当に愛らしいな。離したくない……ずっと一緒にいたい」

頬を擦《す》り寄せて甘えるような声色でラインハルトは囁く。

「なあ、ヘレーネ。学園を退学するつもりはないか？」

それは、さっきの言葉以上に魅力的な言葉だった。

ラインハルトが卒業した以上、春休みが終わってしまえば二人は離れ離れになってしまう。

今までも長い間会わないことはあったが、この一年間はずっと一緒にいたし、これからは会いたくてもなかなか会えない日々が続くのだ。想像するだけで恐ろしい。

けれど、ヘレーネは首を横に振った。

「……駄目です。それは出来ません」

ラインハルトの願いなら、出来る限り叶《かな》えたいが、これだけは譲れない。

ここで彼に甘えてしまえば、今後もずっと何かあるたびに彼に甘えるようになってしまうだろう。

ヘレーネはラインハルトに守って欲しいのではない。一緒に生きていきたいのだ。

「……そうか。そうだろうなあ」

腕の力を緩め、二人の間に距離が出来るとラインハルトは寂しげな眼差《まなざ》しでヘレーネを見下ろした。

ヘレーネの返事は予想していたようだが、もし万が一、彼女が頷《うなず》いていれば彼は即行動に移していただろう。

ヘレーネはラインハルトの全部が好きだが、こういうところは素直に困ってしまうなと思う。

「なあ、実を言うと、君に高価な物ばかり渡していたのは……俺と離れている間に、君が俺のことを好きじゃなくなっても、少しでも惜しいと思って欲しかったからなんだ」

「……ラインハルト様」

ヘレーネはラインハルトの気持ちを少しでも癒すように、彼の頬を撫《な》でた。

「手紙、沢山出しますから」

「ああ、俺も時間を作って出来る限り会いに行く」

「嬉しい。楽しみに待ってますね」

「……なあ」

「はい」

「もう一回、キスしてくれ」

「……はい」

今度は頬ではなく唇を重ねる為に、ヘレーネはかかとを上げた。

あとがき

はじめまして、秋空夕子と申します。

この度は拙作を手にとっていただき、まことにありがとうございます。

『この恋を捧ぐ』は小説家になろうという小説投稿サイトで載せていた作品です。

初めて書き上げた長編として思い入れのあるこの作品が『第２回アイリスＮＥＯファンタジー大賞』で銀賞をもらった時は本当に驚き、夢でもみているような気持ちでした。

私にとって本を出すのは長年の夢であり、こうして実現できたのは感慨無量としか言いようがありません。


『この恋を捧ぐ』について、少しばかり語らせていただきますと、まず今作は小説家になろうで沢山の方が書かれている悪役令嬢物です。

悪役令嬢という言葉に馴染みの無い方がいらっしゃると思いますので説明させていただきますと、ゲームや漫画などに登場する文字通り、悪役のお嬢様に自身が転生してしまい、多くの場合はその後に待ち受ける未来を変えようとするシチュエーションになります。

私もこのシチュエーションが好きで、いくつもの作品に触れた後、自分でも創作したくなったのが、この作品を書くにいたった経緯です。

内容については、他の方の作品ではヒロインが自分の運命を変えようとする内容が多いと感じたので、ヒロインが自分以外の誰かを助けようと奮闘する内容なら差別化になるのではと考え、そこから話を発展させていきました。

ヒロインは、とにかく私の趣味を詰め込んだ子。

さらに、個人的な好みでハイスペックと悪役ポジションを備え、なおかつヒロインが変えたくなるような運命を辿るのはどんな人だろうと考えた結果、ヒーローはラスボスに決まりました。

キャラがある程度決まってからストーリーを考え、いろいろ頭を捻って何とか形にすることが出来たのです。

ストーリーで一番悩んだのは、終盤の展開ですね。一回、書き直ししていますから。

でも、終盤以外も、こうして読み返してみると、「この展開はいまいちじゃないか」「ここはもっとこうした方がよかったんじゃなかった」とかそんなことを考えてしまいます。

けれど、そういうのは考えだしたらきりがないと思うので、その思いは次の作品にでもぶつけ、『この恋を捧ぐ』はこれで完成ということにいたします。

次に登場人物について、お話させていただきます。

主人公であるヘレーネは内気で大人しい性格の少女です。

人付き合いが苦手で、頭が悪いわけではないのに前世の記憶や原作の知識をろくに生かせないポンコツという、おおよそ主人公らしくない子であります。

どうしてこんな、主人公として動かしにくそうなタイプにしたかというと、単純にこういうタイプの子が好きだからです。

正直に言うと、私は「強い主人公」というものが書けません。元々、有能キャラとか強い信念や理想を持っているキャラを書くのが苦手なのですが、それでも主人公以外ならなんとかなります。しかし、主人公になると、難易度はぐっとあがってしまうのです。それに、主人公の成長をわかりやすく表現するのにも弱い主人公のほうが楽なのです。

つまり、私の力量に問題があるのですが、そういう意味では、ヘレーネは私にとって理想的とも言える主人公でした。

弱くて意気地なしで、決して優秀とは言えないけれども、献身的で一途。

動かしにくいという問題も、彼女の場合は最初から命をかけてでも果たしたい願いを持っていたので、特に不便は感じませんでした。

ヒーローであるラインハルトは一見するといい人そうですが、実際は腹黒く打算的な人です。そして、誰のことも信じられず、自信家のようで実際は自分に対して全く自信が持てない人物になっています。

仮にもラスボスポジションの人なので、カリスマ性とか大物感の中に、恐ろしさを感じていただけるようにしたつもりですが、いかがでしたか?

個人的に、いかにも悪そうな人や怖そうな人より、こういう普段は穏やかで優しい、善人面が上手い人の方が怖いように思えます。

初期では、もっと冷酷非情で非人間的なキャラだったのですが、書いているうちに随分と人間味が増して優しくなりましたね。

あと、これは色んな人からラインハルトはヤンデレだって言われたのですが、書いている時は特に意識していませんでした。

いや、ヤンデレは好きなのですが、「よし、こいつはヤンデレにしよう!」とかは決めて無くてですね、書いていったら自然にこうなっていたというか……

ヘレーネもラインハルトほどわかりやすくはありませんが、彼女も結構危ない一面があるので、似た者同士な二人だと思います。

こんな感じのヒロインとヒーローですが、少しでも皆様に好感を持ってもらえたでしょうか？

ヘレーネは悪い人間ではありませんが、正義感が強いわけでも信念を持っているわけでもありません。ラインハルトも善人とは言い難く、状況によってはあくどい手段にも手を染めます。こんなヒロインとヒーローらしくない二人ですが、けれどこの二人だからこそ描ける未来があり、紡げる物語があるのだと思います。

そして、この二人を支える縁の下の力持ちであるシャイン。

挿絵だけでなく、表紙やピンナップにも登場しているこの子にはヘレーネやラインハルトだけではなく、私も助けられました。

物語の進行上、ヘレーネとラインハルト双方からある程度信頼される味方キャラが必要だったのですが、ヘレーネは人見知りだし、ラインハルトは人間不信。とてもではありませんが、人間キャラでは無理。

そこで生まれたのが猫のシャインでした。

必要に迫られて作ったキャラではありますが、ヘレーネとシャインのやりとりは書いていてとても楽しかったです。

気づけばヘレーネとラインハルトに次いで好きなキャラになっていました。

もちろん、他の登場人物達のことも好きです。全員、私にとって大事な存在です。

ここまで長々とお話させていただきましたが、最後に絵を描いてくださったたまち様、未熟な私を支えてくださった担当者様、そしてこの小説を読んでくださった皆様に改めて御礼を申し上げます。

本当にありがとうございます。

この恋《こい》を捧《ささ》ぐ
鉄《てっ》仮《か》面令嬢《めんれいじょう》はラスボス様《さま》の幸福《こうふく》を夢見《ゆめみ》る

2019年7月5日　初版発行

初出……「この恋を捧ぐ」
小説投稿サイト「小説家になろう」で掲載

著者　秋空夕子

イラスト　まち

発行者　野内雅宏

発行所　株式会社一迅社
〒160-0022 東京都新宿区新宿3-1-13 京王新宿追分ビル5F
電話　03-5312-7432（編集）
電話　03-5312-6150（販売）
発売元：株式会社講談社（講談社・一迅社）

印刷所・製本　大日本印刷株式会社
ＤＴＰ　株式会社三協美術

装幀　今村奈緒美

ISBN978-4-7580-9186-2

おたよりの宛て先
〒160-0022 東京都新宿区新宿3-1-13 京王新宿追分ビル5F
株式会社一迅社　ノベル編集部
秋空夕子《あきぞらゆうこ》 先生・まち 先生